KB139871

옛이야기의
세계

The World of Fairy Tales:
A path to the essence of the young child through fairy tales

First English Edition © 2017 Waldorf Early Childhood Association of North America

Author: Daniel Udo de Haes
Translator: Barbara Mees
Copy Editor: Bill Day
Publications Coordinator: Donna Lee Miele
Graphic Design: Amy Thesing

Originally published in Dutch as *Kleuterwereld-sprookjeswereld* by Vrij geestesleven, Zeist, Netherlands

옛이야기의 눈으로 바라본
어린아이의 세계

옛이야기의
세계

다니엘 유도 데 해스 지음
김운태 옮김

수신제

차례

1장

왜 우리는 어린아이[1]에게
옛이야기를 들려주어야 할까?

옛이야기는 어린아이에게 유익할까?

사람들의 삶 속에 옛이야기의 향기가 물씬 배어 있던 옛날에는 이렇게 물을 이유가 없었습니다. 하지만 사람들은 점점 물질과 이성에 가치를 두게 되었고, 옛이야기는 허무맹랑한 거짓말로 치부되기 시작했습니다. 마리아 몬테소리(Maria Montessori)[2]도 한때 이 거짓말을 아이들에게 들려주어서는 안 된다고 말할 정도였으니까요. 그래서 이제 우리는 다시 물어야 합니다. "여전히 아이들에게 옛이야기를 들려주어야 할까?

---

1 서양에서 '어린아이'는 만 3~7세의 아동을 뜻한다.
2 이탈리아의 교육학자이자 의사. 몬테소리 교육법을 개발하여 전 세계에 널리 보급하였다.

만약 그래야 한다면 그 이유는 무엇일까?" 하고 말이지요.

이 물음에 답하기 위해서 먼저 우리는 아이들이란 어떤 존재인지, 그리고 옛이야기가 우리에게 전하고자 하는 것은 무엇인지 알아야 합니다. 이제부터 이 질문들의 답을 찾는 여정에 나설 것입니다. 우선 두 번째 질문에 대한 답을 밝히고 나서 다시 첫 번째 질문으로 되돌아오겠습니다.

먼저 속담 또는 격언과의 비교를 통해 옛이야기가 지닌 특징을 밝혀 보겠습니다. 속담이나 격언은 옛이야기와 비슷한 방식으로 우리에게 말을 건넵니다. 따라서 우리는 속담과 격언을 살펴봄으로써 옛이야기의 표현방식을 이해할 수 있습니다. 가령 누군가 "잔잔한 물은 깊이 흐른다."라고 말했다고 해볼까요? 그러면 성급한 이들은 곧바로 반박합니다. "그 말은 틀렸다. 바다는 거칠게 출렁이지만 아주 깊지 않으냐?" 또 "잔잔한 물이라고 항상 깊은 건 아니다. 얕은 물도 잔잔할 때가 있다."라고 말이지요. 그러나 이 속담의 참뜻을 아는 이들은 다르게 받아들입니다. 그 속담은 물이 아니라 인간의 품성을 나타내는 것이며, 인간의 본질에 관한 비유적 표현이라고 말입니다.

옛이야기도 이와 비슷합니다. 사실 옛이야기 속의 일들은 현실에서는 불가능한 경우가 많습니다. 그래서 우리네 삶과는 별 상관없는 것처럼 보이기도 합니다만, 옛이야기는 듣는 이의 마음에 상(image)을 떠올려 그 안에 숨겨진 깊고 위대한 진리를 드러냅니다. 그런데 속담과 격언은 그리 어렵지 않게 삶의 진리를 드러내주는 반면, 옛이야기는 그 안에 너무나 깊은 의미가 담겨 있어 아이들은 물론이고 어른들조차도 곧바로 이해할 수 없습니다. 자! 이런데도 아이들에게 옛이야기를 들려주는 게 과연 옳은 일일까요?

이제 속담 하나를 살펴봄으로써 옛이야기의 심연에 깃든 의미를 찾아 나서보겠습니다. "모든 구름은 빛줄기를 품고 있다.(Every cloud has a silver lining.)" 우리 모두 알고 있는 속담이지요. 우리는 흔히 이 속담을 "역경 또는 어려움에 마주쳤을 때, 너무 걱정하지 마라. 나쁜 일에는 반드시 좋은 일이 따라오기 마련이다. 곧 다시 좋아질 것이다."와 같이 풀이합니다.

그러나 이 속담을 다음과 같이 더 넓은 맥락으로 이해할 수도 있습니다. "구름은 해의 힘으로 만들어졌으니 해 없이는 구름도 없고, 또 구름이 없으면 해는 은총으로 느껴지지 않는다."(사막의 한복판을 걷는다고 상상해보세요.) 빛과 어둠은 분리될 수 없습니다. 우리는 오로지 어둠을 뚫고 들어간 다음에야 빛의 본질을 경험할 수 있습니다. 구름 뒤에서 빛이 나고, 빛은 구름을 창조하며, 어둠을 통과한 후에야 환하게 빛납니다.

구약성경 속 '욥의 이야기'[3]에서도 빛과 어둠 사이의 관계를 발견할

---

3   구약 성경의 열여덟 번째 책이며 시가서의 첫 번째 책. 이 책에는 우스 땅의 욥이 겪은 시련과 그로 인한 욥의 신앙 위기가 기록되어 있다.

수 있습니다. 이 이야기에는 신(God)이 어떻게 사탄으로 하여금 욥을 시험하는지 나타나 있습니다. 사탄은 욥을 꾀어 정말 끔찍한 경험(어둠)을 하게 했고, 욥은 어둠을 견디고 나서야 비로소 삶의 빛을 발견하고 신의 충만한 종복이 될 수 있었습니다. 이러한 이미지는 『요나서』[4](1장 15절~3장 5절)에서도 발견됩니다. 요나는 큰 물고기(처음으로 그를 시험에 들게 한 기독교도)에 삼켜진 후에야 비로소 사명을 완수할 수 있었고, 이후 예언자가 되어 세상을 보살피기 위해 돌아왔습니다.

옛이야기 세계 속 인간과 인류

이제 아주 간단한 사례를 통해 옛이야기의 세계에 더 가까이 다가가겠습니다. 우리 모두 잘 알고 있는 『빨간 모자(Little Red Riding Hood)』 이야기입니다. 그 이야기를 앞의 논의에 비추어보면 빨간 모자와 할머니는 늑대에게 잡아먹힌 다음에야 비로소 어둠을 벗어났다고 볼 수 있지 않을까요? 이 이야기에서 부활이 강조되지는 않았지만, 아이들은 분명히 느낄 것입니다. 우리는 이제 욥과 요나의 이야기에서처럼 어둠 속으로 사라졌다 돌아오는 것이 인간의 발달에 얼마나 중요하고 필수적인 경험인지를 알 수 있습니다.

---

4 『요나서』는 구약성경 네비임 소선지서 중 한 권으로 북이스라엘 예로보암 2세 때 활동한 아밋대의 아들 요나에 대한 이야기이다. 요나는 니네베의 파괴를 예언하라는 명령을 받으나 이 신성한 사명을 벗어나려 시도하다가 결국 받아들인다.

물론 이야기를 듣는 순간에 이해할 수는 없을 것입니다. 그렇지만 아이는 아이다운 감수성으로 옛이야기 속 이미지를 마음의 씨앗으로 받아들입니다. 이 씨앗은 아이가 컸을 때, 마음 안에서 스스로 이해할 수 있는 사고의 내용으로 꽃피울 것입니다. 이렇게 내면에 심은 씨앗에서 자라나 수면 위로 떠오르게 되는 사고는 외부에서 얻은 지식보다 더 풍요로우며 끝없이 깊어집니다. 이것이 아이들에게 옛이야기를 들려주는 중요한 이유 중의 하나입니다. 나중에 다시 이 주제로 돌아오겠습니다.

해가 그 자신을 가리는 구름을 만들어낸다는 은유는 루돌프 슈타이너가 언급한 『나무와 도끼』라는 이야기에서도 조금 다른 형태로 발견됩니다. 그 이야기에서 도끼는 나무에게 당장 베어버리겠다고 말합니다. 그러자 나무는 도끼자루가 바로 나무로 만든 것임을 상기시킵니다. 비록 깊은 의미는 몰라도 아이들은 그 이미지를 받아들입니다. 그리고 이후에 언젠가 잠재의식 속에서 그 질문들과 만나게 되면, 그것들이 사고 속에서 새로운 가능성을 창조했음을 발견하게 될지도 모릅니다.

안데르센의 『눈의 여왕』은 아이들의 옛이야기 세계에 존재하는 선과 악, 그리고 빛과 어둠 사이의 관계에 다소 낯선 관점을 보여줍니다. 이 이야기에서 어린아이 카이는 눈에 거울 조각이 박히게 되어 세상의 나쁘고 추한 것만 보게 됩니다.

이 이야기에서 전체 거울은 명료하고 온전한 세계 질서를 상징하는 이미지입니다. 그런데 현대인은 작은 거울 조각 하나만으로 전체 세계를 이해하려 합니다. 이렇듯 그 아이는 눈에 거울 조각이 박혀 세계의 파편만을 볼 수 있게 되고, 결국 세계에 대한 편협한 개념들을 지니게 됩니다. 즉 인간의 지식은 이전에는 보편적이며 모든 것을 아우르던 지혜였지만, 이제는 그 지혜의 날카로운 파편이 되어가는 것입니다. 이 날카로운 파편은 지혜를 잘라내고 상처 냅니다.

이와 동일한 사실이 성경에 더 분명하게 제시되어 있습니다. 우리는 성경에서 아담과 이브가 선악과를 먹은 후에 인간이 어떻게 어둠 속으로 떨어지게 되었는지 알 수 있습니다.

아마도 여러분은 선악에 대한 앎이 죄라는 것, 그것도 이 세상에 처음으로 어둠을 불러 온 근원적인 인간의 죄라는 사실이 놀라울 것입니다. 지금부터 우리는 모든 옛이야기가 전하려는 메시지와 이 일과의 관련성을 찾아볼 것입니다.

루돌프 슈타이너가 창시한 영학(spiritual science)은 인간의 타락 이전, 즉 여전히 깊은 꿈속에서 영적 기원과 연결되어 살았던 고대인들의 삶의 방식을 보여줍니다. 이때의 인간은 온전한 신의 품속, 다시 말해 지상의 "선"한 모든 것 속에서 살고 있었습니다. 물론 아직 악이 존재하지 않았으니 악과 대립하는 의미의 선은 아닙니다. "선과 악"이라는 이원성은 아직 나타나지 않았으니까요.

성서에 소개된 인간은 타락 이전, 아직 신의 영광 속에 살던 순결한 존재였으며, 그 안에서 신과 대화하는 고독한 존재들이었습니다. 그런데 어느 날 뱀이 이브(인간의 꿈꾸는 여성적 측면)에게 다가가 선악을 구별해 주는 과일을 따 먹으라고 합니다. 이 "앎의 열매(knowledge fruit)"를 받아들였다는 건 인간이 신에게서 멀어진 의식을 받아들인 것이며, 든든했던 영적 세계의 맞은편에 서게 되었음을 의미합니다.

연극 「오베루퍼 파라다이스(The Oberufer Paradise)」5에서는 뱀이 사과를 따는 행위가 강조되는데, 그로 인해 앎의 열매가 신성한 기원으로부터 분리되기 때문입니다. 인간의 앎이 곧 신성한 세계에서 분리된 열매인 것이지요.

물론 선악과가 인류에게 준 앎을 진정 "악"으로 여겨서는 안 됩니다. 악은 아직 존재하지 않았고, 그것을 이해할 가능성은 더더욱 없었습니다. 따라서 앎은 다름 아닌 자아의 인식, 즉 신과의 유대를 끊은 개인의 의식을 말하는 것으로 보아야 합니다. 지금까지 인간은 오직 신성을 통해 살고 행동했을 뿐, 스스로는 아무것도 할 수 없었습니다. 이제 인간은 자아를 인식함으로써 신으로부터 독립하여 스스로 신과 마주할 수 있게

5　오스트리아 다뉴브강 유역의 오베루퍼라는 마을에 사는 사람들이 수백 년 동안 즐기던 연극인 'Christmas Plays from Oberufer(Paradise Play-Shepherds Play-Kings Play)'의 서문에 해당하는 연극으로 천국에서 추방당한 아담과 이브가 그리스도를 통해 미래의 구원을 약속받는 내용을 담고 있다.

되었지요. 그러나 신의 맞은편에 서게 됨으로써 인간은 신에게서 멀어지게 되었습니다. 그러고는 성경에 나타나 있듯이 신에게 버림받았다고 느끼며 "우리는 이제 우리가 '벗은' 것을 보았고, 신의 품을 떠났으며, 사랑스런 보호를 잃었다."고 말합니다. 이러한 소외는 인류 최초의 "죄"이자, 인류의 타락이며, 신으로부터의 이탈입니다.

인류가 처음으로 이렇게 신으로부터 떨어져 얻게 된 독립은 또한 인간에게 최초의 자유 의식을 불러일으켰습니다. 타락 이전에 인간은 신에 이끌려 신이 원하는 곳에만 머물 수 있었지요. 그러나 서서히 자신에 관한 앎인 자의식으로 행위하게 되었습니다. 그 결과 "무엇을 해야 하지?, 무엇을 하면 안 되지?, 어떻게 다시 신에게 돌아갈 수 있지?, 어떻게 하면 신에게서 더 멀어지게 되지?, 좋은 건 뭐고 좋지 않은 건 뭐지?"라는 의문이 생겨나기 시작했습니다. "선악"을 구별하는 방법을 처음 배우게 된 것이지요. 이를 통해 우리는 성경 속 금단의 열매를 "선악과"라고 부르는 이유를 이해할 수 있습니다.

좀 더 분명한 이해를 위해, 작은 범위에서 되풀이되는 예를 생각해보겠습니다. 아이의 발달이 바로 그 예입니다. 아이의 발달을 통해 우리는 큰 범위의 세계 발달이 작은 범위에서는 어떻게 반복되는지 알아보겠습니다. 우리는 모든 아이의 삶에서 성경의 표현대로 "인간의 타락"이라고 불리는 세계 발달의 반영된 상을 발견할 수 있습니다.

타락 이전의 인간처럼, 삶의 첫 번째 단계에서 아이는 자신의 혼이 떠나 온 신성한 세계와의 깊고 꿈같은 연결 속에 살고 있습니다. 아이는 아직 세상사의 상호관계를 이해하거나 알지 못합니다. 그리고 아직도 절반은 천국인 영의 세계, 즉 "낙원"에 살고 있습니다. 아이는 꿈같은 의식으로 세상을 이해하기 시작하는 순간부터 서서히 순수함을 잃어갑니다. 그러고는 자신을 의식하기 시작하며, 또한 선과 악의 차이를 배워나갑니다. 아이는 지금까지 자신이 속했던 세계 질서와의 조화를 이루는 것과 그 세계 질서로부터 자신을 분리하는 것이 어떻게 다른지 말이 아닌 느낌으로 배웁니다. 이제 9, 10세가 된 아이는 꿈같은 영적 기원의 보호를 벗어나 서서히 자신의 주변 환경에 대한 의식이 깨어나기 시작합니다. 앎을 얻음으로써, 다시 말해 자신을 의식함으로써 천상의 존재인 **높은 나**(I)[6]로부터 분리되는 것입니다. 이러한 발달은 보편적 개인의식이 일깨워진 **높은 나**(I)가 이 자립을 진실하게 선택하기까지 몇 년간 지속됩니다.

큰 범위의 인류 발달과정에서 타락은 단 한 번에 일어나지 않았습니다. 그것은 수천 년 동안 이어져 왔으며, 지금도 여전히 일어나고 있고 앞으로도 수백 년 동안 이어질 것입니다. 이렇듯 인류의 거대한 드라마는 신으로부터, 그리고 우리 존재의 영적 기원으로부터 더욱더 멀어지며 그 발달을 지속할 것입니다.

6　인간 안에 잠재된 고차적 인격으로서, 동물적 자의식(自意識)과 개아(個我)적 성격의 에고를 초월하여 넓은 공동체와 우주를 향해 열린 영적 공감 능력이 활성화된 상태의 주체 의식을 일컫는다.

그러나 인류가 신으로부터의 분리라는 타락을 해결하지 못한 채 발달을 지속한다면 치명적인 결과를 맞이할 수밖에 없을 것입니다. 다행히도 타락을 넘어서고자 하는 인류의 열망은 깊은 영적 기원에 이미 내재하고 있으며 인류의 발달 수준에 따라 변형된 형태로 나타납니다. 한 예로 위대하고 신비로운 고대 문화는 영적인 영감을 받은 인류의 열망이 맺은 결실로 볼 수 있습니다.

우리 시대, 특히 오늘날의 인류의 진화단계에서도 이러한 열망을 볼 수 있습니다. 그러나 오늘날 인류의 사고방식은 너무 물질화되어 이렇게 예정된 영의 의도를 거의 인식하지 못합니다. 즉 오늘날의 진화단계에 있는 인류는 자신의 진정한 본질에 대한 깊은 영적인 성찰을 통해서만 세계 사건에서 자라온 인류의 발달이라는 과제와 더 밀접한 연관성을 찾을 수 있을 것입니다. 영의 세계에서 뻗어 나온 열망, 즉 타락을 넘어서고자 하는 열망은 고대의 신비주의에서뿐만 아니라 영학(spritual science) 또는 루돌프 슈타이너가 창시한 인지학(anthroposophy)에서도 드러납니다. 이 영학은 그리스도의 부활이라는 영적 의미를 인간에게서도 되살리기 위하여 노력합니다. 이 책은 영학을 통해 어린아이의 본성과 옛이야기의 본질을 살펴봄으로써 앞에서 언급한 연관성의 일부를 찾고자 합니다.

지금까지 우리는 타락을 둘러싼 모든 사건이 어린아이의 삶에서 어떻게 반복되는지 살펴보았습니다. 그러나 아이의 마음과 그 참된 발달을 분명히 이해하려면 동시에 인류의 고대극(옛이야기)과의 밀접한 연결을 발견해야만 하며, 또한 이 거대한 드라마(미래의 해결책을 지닌 인류의 드라마)가 인류 초기에 시작되었던 모든 중요한 옛이야기를 통해 황금 실처럼 엮어지는 방식을 이해할 수 있어야 합니다. 종합해보면, 어린아이를 더 깊이 이해하는 일은 어린아이와 옛이야기, 그리고 인류의 타락이라는 삼위일체를 이해함으로써 가능하다는 사실을 알 수 있습니다. 거꾸로 말해서 인류의 타락을 이해하기 위해서는 어린아이의 본성이 먼저 탐구되어야 한다고도 말할 수 있습니다. 사실 이 책의 목적은 어린아이와 옛이야기의 관계에 대한 깊은 이해에 도달하는 것이기 때문에, 우리 역시 미래를 위한 해결책뿐만 아니라 인간의 타락과 관련된 것들을 이해하려 노력하는 건 자연스러운 일입니다.

오늘날에는 일반지식(general knowledge)[7]에 대한 욕구가 점점 더 물질주의화되고 인류는 영적 기원으로부터 빠르게 분리되어가고 있습니다. 동시에 우리의 만족할 줄 모르는 지식욕이 지니는 부정적 측면을 헤아리기도 쉽지 않습니다. 우리는 현대 과학의 힘을 존중합니다. 또 그것이 이루어내는 성과가 과소평가되어서도 안 됩니다. 그러나 그것이 또한 인류를 결국 파멸로 위협한다는 사실(현대전을 생각해보세요.)을 통해 지식 추구에 있어서 물질주의와 자기중심성이 얼마나 큰 영향을 주는지에 대

---

7   일반지식은 오랜 시간 다양한 매체와 출처를 통해 축적된 정보이다. 일반지식은 광범위한 훈련과 정보가 하나의 매체에 국한되어야만 얻을 수 있는 전문적인 학습을 배제한다.

해 눈을 떠야만 합니다.

　그러나 단지 과학을 외면함으로써 지식의 부정적 측면이 늘어나는 것을 막을 수는 없습니다. 어떤 사람들, 특히 동양 철학에 치우친 사람들이 그런 경향성을 지니고 있습니다만 근대적 지식을 버리는 것으로는 신과의 연결을 되찾을 수도 없으며, 나아지기는커녕 더욱 악화될 뿐입니다. 그러므로 이 세계와 나를 둘러싼 모든 사람에게 열린 지식을 발달시키고 내면화해야 합니다. 이기적 지식의 열매에 손을 댄 아담의 타락은 돌이킬 수 없지만, 우리 마음속에 놓인 그리스도에 대한 사랑을 향해 이 지식을 사용함으로써 치유될 수 있을 것입니다. "지식이 곧 힘"[8]이라는 통념은 결국 우리를 파멸시킬 것입니다. 그 통념은 에른스트 레르스(Ernst Lehrs)[9]가 말한 "지식은 사랑을 키운다.(Erkenntnis nährt Liebe.)"라는 모토로 대체되어야 합니다. 오직 이 믿음만이 우리를 지식으로 인한 어둠에서 다시 빛으로 데려다주며, 우리 지성의 작고 날카로운 파편을 세상을 환하게 비추는 새로운 보석으로 탈바꿈시킬 수 있습니다.

　앞서 말했듯이 신에 대한 불복종으로 시작된 인류의 드라마는 개인의 삶에서도 발견됩니다. 즉 모든 아이에게도 부모에게 반항하는 시기가 찾아오는 것이지요. 따라서 이 관계를 제대로 이해한다면 아이를 억

8　영국의 철학자인 프랜시스 베이컨의 주장에 근거한 격언.
9　독일의 인지학자이자 교육자.

누르지 않고도 건강한 독립으로 이끌 수 있습니다. 인간의 신에 대한 불복종이 세계 진화에서 영적이며 독립적인 협력으로 발달하게 되듯이 말입니다. 그러므로 개인은 모든 인류의 발달과 동일한 발달의 길을 따라야 하며, 또한 동일한 이상을 지향해야 합니다.

각 개인에게 반영되는 인류 발달은 옛이야기에서 여러 방식으로 나타납니다. 말하자면, 옛이야기에서 각각의 등장인물이 하는 말과 행동들은 우리가 살아가는 세계의 다양한 발전 양상을 상징하고 있다는 뜻입니다. 가령 어둠(늑대)에 휩싸였던 빨간 모자가 다시 빛으로 돌아온 것에는, 모든 인간의 혼 또는 인류가 타락의 어둠 속으로 몸을 던진 후에 그리스도의 힘을 통해 새로운 빛을 찾게 된다는 의미가 내포되어 있습니다.

빛과 어둠은 다른 많은 옛이야기에서도 발견됩니다. 엄지동자(Tom Thumb)는 자신의 형제들과 함께 "아버지의 고향"을 떠나 어두운 숲으로 들어가서 수많은 모험 끝에 자신의 아버지(즉 세상의 아버지)를 다시 찾습니다. 백설공주는 죽음에서 깨어나 왕자와 결혼하고 왕비가 됩니다. 잠자는 숲속의 공주는 백 년 동안 잠을 자고, 마법에 걸려 죽었다가 왕자에 의해 다시 깨어납니다. 늑대가 삼켜버린 일곱 마리의 새끼 염소들은 늑대 뱃속에 삼켜진 빨간 모자처럼 깜깜한 뱃속에서 풀려납니다. 이처럼 많은 옛이야기들이 아버지 세계라는 빛을 잃어 어둠 속으로 들어가고, 마침내 어둠을 탈출하여 다시 한 번 빛 속으로 들어가는 과정을 묘사하고 있음을 알 수 있습니다. 즉 우리는 옛이야기가 인류의 위대한 드라마를 어린아이들의 혼에 호소하는 방식을 알고 있습니다. 옛이야기에는 반드시 대단원의 결말이 있습니다. 성경은 같은 메시지를 옛이야기와는 완전히 다른 이미지로 전하며, 그중 신약성서는 그 대단원에 이르는 길을 보여줍니다. 이것은 옛이야기라는 다채로운 색실로 엮어낸 인류 발달의 찬란한 황금 옷입니다.

결국, 갓난아이가 탄생 전의 신성한 기원에 얼마나 가까운지, 그리고 깊은 꿈을 꾸는 의식을 지닌 아이가 아직도 인류 발달의 드라마와 얼마나 서로 얽혀 있는지 잊지 말아야 합니다. 아이는 살아가면서 작은 범위로 이 타락을 경험해야 한다는 내면의 예감을 지니고, 극복하려 노력할 것입니다. 이런 관점에서 보면 어린아이들이 왜 옛이야기에 그토록 흥미를 느끼는지, 왜 그런 이야기들에 질리지 않는지가 분명해집니다.

어둠으로의 하강과 극복, 그리고 새로운 빛을 향한 길을 묘사하는 이 옛이야기들이 평생 아이들을 엄청나게 지지해준다는 사실을 이해할 수 있어야 합니다. 이 사실은 특히 좀 더 나이가 많은, 그래서 이야기를 "잊어버린" 아이들에게 더욱 해당됩니다. 그 이야기들은 그때 의식을 떠나 아이의 혼 속으로 더 깊이 빠져들 계기를 갖게 된 것입니다. 이제 우리는 아이들에게 옛이야기를 들려주어야 하는 첫 번째이자 아마도 가장 중요한 이유에 이르렀습니다. 이렇게 옛이야기는 무의식적으로 어린아이들과 우리를 인류의 위대한 발달에 연결해주고, 지상의 진정한 시민으로 만들어줍니다. 각각의 옛이야기는 저마다의 방식으로 표현된 작은 성경책이며, 또한 아이들에게 알맞게 그려진 구약과 신약성서인 것입니다. 그래서 우리는 옛이야기를 "작은 어린이 성경"이라고도 부를 수 있습니다.

이제 우리는 앞에서 언급했던 옛이야기 속으로 들어가 보고자 합니다. 먼저 『빨간 모자』를 살펴보겠습니다. 이 옛이야기는 어둠으로 내려가는 모습과 빛으로 돌아오는 이미지를 선명하면서도 극적인 방식으로 그립니다.

그 외에 인간의 타락에 관련된 옛이야기 속 다른 요소들을 살펴보겠습니다. 『창세기』의 서막(3 : 1-7)에 그려진 뱀의 유혹과 신에 대한 인간의 불복종은 『빨간 모자』에서 빨간 모자와 늑대의 대화에 훨씬 더 섬세하게 묘사되어 있습니다. 이 사악한 동물은 인간의 혼(빨간 모자)을 꾀어 길가의 꽃을 따게 만듭니다. 이 장면에 나타난 빨간 모자의 이미지는 성경에서 선악과를 따는 이브처럼 순진해 보입니다. 그러나 우리는 실제로 어떻게 신(엄마의 경고)의 종이라는 존재가 감각 지각 때문에 버려지는지를 보게 됩니다. 아이가 꽃을 의식적으로 즐긴다는 건 분명 좋은 일로 보입니다만 그 기원을 따라가 보면 인간이 처음으로 신으로부터 분리되는 것과 같은 것입니다. 어린아이들은 아직 의식적으로 무언가를 즐길 수 없습니다. 아이들은 빛, 형태, 소리 등의 세계에 둘러싸여 살아가지만, 아직 이런 것들을 의식적으로 바라보거나 즐기지 않습니다. 그리고 아름다움 같은 것들에 의식이 깨어나는 순간, 아버지(신) 세계와의 자연스럽고 꿈결 같은 연결의 일부가 사라지게 됩니다. 얼마간의 거리가 만들어지고 그것이 최초의 의식적인 관찰을 가능하게 하는 것이지요. 아이들은 일종의 "타락"의 시작을 경험합니다. 빨간 모자는 이것을 모종의 불복종으로 경험하게 됩니다. 아이는 늑대의 말을 듣지 말라는 말을 들었지만, 어쨌든 그렇게 했고, 늑대는 아이가 꽃의 아름다움을 알아차리도록 만듭니다. 아이는 꽃을 땄고, 일시적으로 늑대의 뱃속으로 사라짐으로써 어둠에 휩싸이게 됩니다.

『백설공주』에서 인간의 타락은 성경에서처럼 유혹의 열매인 사과(그림 1)로 분명히 나타납니다. 놀라운 건 영양 많은 이 맛있는 과일이 인류를 악으로 유혹했다는 것입니다. 그러나 이것을 기억해야 합니다. 원래 악으로 보였던 것, 인간 스스로 원했고, 신으로부터 멀어지게 만든 독립을 악으로 볼 필요가 없으며 사랑으로 세상에 다가온 그리스도의 충동 (the impulse of Christ)[10]을 흡수하기만 한다면 선함으로 자라날 수 있다는 사실을 말입니다. 사과는 철분 원소를 통해 우리를 깨우고 독립을 위한 힘을 주는 아삭한 과일입니다. 우리는 더 이상 그 원죄 없이는 살 수 없습니다. 우리는 그리스도의 사랑을 현실로 만들기 위해 그들이 우리에게 가져다준 힘과 독립성이 필요합니다.

10 　세계를 통합적으로 사고하고 우주와 삶의 진리를 깨닫고자 하는 영적 충동 또는 구도심(求道心).

수의 세계

앞에서 설명한 대로 수의 세계에서도 사과의 이원성이 드러납니다. 수 6과 5를 비교해보겠습니다. 6은 균형이 잡혀 있어 조화로우며 또 균등하게 나눠지는 우주적인 수입니다. 그리고 원은 우주의 기하학적 형상입니다. 원의 반지름은 완전한 육각형을 만들면서 원의 둘레와 여섯 번 연결되며, 끝없이 반복됩니다.(그림 2를 보세요.)

빛나는 석영 결정(그림 3)과 벌집의 세포가 그 예입니다. 순수와 순결의 상징인 백합도 여섯 부분으로 이루어져 있습니다.

거의 모든 측면에서 수 6의 반대는 5입니다. 6과 원의 연결고리를 꿈꾸듯이 따라갈 수 있는 곳에서 다섯 개의 동일한 조각으로 원을 분할하려면 각성된 의식과 지식이 필요합니다. 5는 우주에 엮이지 않고, 떨어져 서 있고, "독립적"입니다. 오각 별모양(그림 4)이 항상 "악"의 상징이었던 것은 놀라운 일이 아닙니다. 그러나 그것은 또한 악을 물리칠 수도 있습니다.(별 모양을 문에 끼운 파우스트를 떠올려 봅시다.)[11]

---

11 유럽 문화에서 오각별은 여러 가지 의미로 쓰인다. 처음에 오각별은 자연의 숭배와 관련된 신성한 기하학적 표시를 의미하였으며 이후에 세상에 대한 권력, 힘과 용기, 지혜와 영혼의 원천의 의미까지 확장되기도 하였다. 반면에 거꾸로 된 오각별은 오랫동안 오컬트 이미지로 사용되어왔으며 사탄주의와 악의 상징인 영성의 거부, 파괴의 상징으로 여겨져 왔다.

그림 1
계모가 백설공주에게 권한 수는 어느 것인가?

그림 2
순수한 육면의 벌집 세포에서 벌들이 보관한 깨끗한 꿀은 어디에 있는가?

그림 3

그림 4

그림 5

사과(특히 별사과)의 단면에서 볼 수 있는 별은 오각별을 연상시킬 뿐만 아니라
다섯 꽃잎도 연상시킨다.

그림 6

사과는 장미과에 속합니다. 사과의 단면에는 살아 있는 오각별 모양의 자연스러운 오각형이 나타납니다.(그림 5) 더 이상 말이 필요 없지요.(그림 1)

그러나 5는 홀로 서 있을 필요가 없습니다. 평면에서 3차원 공간으로 이동하면 5는 열두 개의 대칭 평면에서 12와 연결될 수 있습니다. 즉 모든 평면에 다섯 개의 변이 있는 오각 십이면체입니다.(그림 6 참조) 즉 "멀어진 것"과 "나쁜" 것으로 보이는 5를 2차원에서 꺼내 3차원으로 끌어올린다면, 그것은 12라는 우주적 총체성과 연결되어 우주로 재통합될 수 있습니다.(십이황궁도의 세계 총체성을 떠올려 보세요.) 인간의 독립도 마찬가지입니다. 만일 인간이 이기주의와 악이 존재하는 "평면적" 수준에서 끌어올려져 그리스도의 충동을 흡수함으로써 더 높은 차원에 이르게 된다면, 이 독립은 세계 질서에서 새롭고 창조적인 힘으로 이용될 수 있습니다. 즉 무의식에서 이기적인 행위를 원하는, 다섯 손가락의 손을 가진 인간은 지상의 5를 정화하고, 다시 12의 우주적 연결로 돌아오라는 부름을 받습니다. 그렇게 할 때만이 지상을 어둠으로부터 자유롭게 하고, 신성한 세계 질서의 빛을 되살릴 수 있을 것입니다.

다시 한 번 우리는 이렇게 완전한 옛이야기 세계의 주요 모티브를 발견합니다.

요컨대, 우리는 이제 멋지고, 친근하고, 유쾌해 보이는 옛이야기들 속에 위대한 세계사가 담겨 있음을 알게 되었습니다. 만약 "아이가 어떻게 그 위대한 것들을 잠재의식에서 흡수하여 처리할 수 있을까?"라고 의문을 품는다면, 우리는 젖먹이 아이가 받는 크고 신성한 힘을 기억하며, "이 작은 존재가 어떻게 그렇게 위대한 것을 받아들일 수 있을까?"라는 질문을 떠올릴 수 있습니다. 이 힘들이 어떻게 작용하는지 헤아릴 수 있다면 우리는 그 답을 이해할 수 있을 것입니다. 곧 놀라운 힘을 지닌 모유만이 아이에게 삶의 기초를 줄 수 있음을 즉시 이해하게 되는 것이지요. 옛이야기도 마찬가지입니다.

『잠자는 숲속의 공주』: 인간의 타락과 구원에 관한 옛이야기

이제 옛이야기에서 어둠을 통과하여 새로운 빛을 향하여 가는 길의 원형이 어떻게 표현되는지 살펴보겠습니다. 들어가기에 앞서 우리는 옛이야기에 대한 우리의 관점이 보편적인 것으로 여겨질 수 없다는 점을 기억해야 합니다. 말은 달리 표현될 수 있고, 이미지는 다양한 관점에서 볼 수 있기 때문입니다.

우리가 선택한 옛이야기는 『잠자는 숲속의 공주(Sleeping Beauty)』(Jacob Grimm)』입니다. 이 이야기는 태어났을 때 열두 명의 지혜로운 요정들에게는 좋은 선물을 받지만, 열세 번째 요정으로부터는 저주를 받는 공주의 이야기입니다. 여러분 모두가 그 이야기의 나머지 부분을 알고 있을 것입니다.

인간 혼이 세상으로 내려와 지상에 태어날 때, 그 혼은 새로운 삶에 필요한 우주적 힘과 능력을 주는 천상의 힘과 함께합니다. 우리는 별들의 초월적 세계에서 이 천상의 힘의 근원을 찾아야 합니다. 별이 빛나는 하늘, 즉 신성한 우주적 힘을 내뿜는 십이황도대에는 열두 개의 큰 영역이 있습니다. 천리안을 지닌 고대의 인류가 볼 수 있었던 우주적 별기운의 세계는 이 오래된 의식에서 자라났고, 그렇기에 오늘날의 연구들이 찾아낸 천문학과 점성술보다도 훨씬 더 오랫동안 존재해왔습니다. 옛이야기 속 열두 명의 요정들은 12궁도의 열두 개 영역에서 기원하여 인간의 혼에 우주적 능력을 선사하는 천상의 힘을 나타내는 것으로 볼 수 있습니다. 혼의 운명은 대개 이러한 힘들이 혼에 들어가는 방식을 통해 결정되며, 이에 더해서 다양한 요인에 좌우됩니다. 고대의 운명은 이처럼 거의 완전히 결정되었습니다. 오늘날에는 덜 그렇습니다. 혼의 성격, 힘, 가능성 또한 부분적으로 신성한 힘이 부여할 수 있는 선물에서 나옵니다. 그러나 안타깝게도 초대받지 못해, 복수심에 불타게 된 열세 번째 요정은 열두 번째 요정보다 먼저 옵니다. 그 열세 번째 요정은 그 소녀가 열네 번째 생일이 되면 물레에 손가락이 찔려 죽을 것이라고 말합니다. 열두 번째 요정은 이 저주를 풀 수는 없지만 소녀의 죽음을 백 년 동안의 잠으로 바꿀 수는 있습니다.

인류의 발달과정에서 창조주의 계획에 들어 있지 않았던 적대자(즉 초대받지 못한 존재)가 나타나 인간을 결국 파멸의 길로 데려갔습니다. 이 혼란이 있고 나서 그리스도가 왔습니다. 그리스도는 적대자의 행위를 되돌릴 수는 없었지만, 인간에게 훨씬 더 높은 가능성을 줄 수 있었습니다. 그것은 인간이 다시 한 번 어둠에서 빛으로 자신을 끌어올릴 수 있는 가능성입니다. 그리스도는 그 어둠으로의 타락을 "백 년의 잠"이라는 일시적인 상태로 바꾸었습니다. 그 옛이야기에서 사용된 "백 년의 잠"이라는 이미지는 진짜 백 년이 아니라 "매우 긴 시간"으로 여겨져야 합니다. 따라서 이야기에서 열두 번째 요정이 한 일은 그리스도 충동으로 여겨질 수 있습니다.

뒤이어 왕은 왕국에 있는 물레를 모두 불태우라고 명령합니다. 그러나 운명을 바꿀 수는 없었고, 공주가 열네 살이 되었을 때 이상한 일이 일어납니다. 그녀는 갑자기 성의 어두운 곳 구석구석을 알고 싶은 강한 욕망을 느낍니다.

열네 살쯤 되면 신체적으로 성숙해가는 모든 아이는 지상의 안식처인 몸의 여기저기에 관심을 보이기 시작합니다. 아이는 눈이 어떻게 형성되는지, 청각이 어떻게 작용하는지, 골격이 어떻게 만들어지는지에 대해 큰 관심을 갖게 됩니다.

그러다가 어린 공주는 여태껏 존재를 몰랐던 작은 다락방에 도착하고, 그곳에서 물레를 돌리는 노파를 봅니다.

이 모든 미지의 영역을 알게 되는 동안, 열네 살의 아이는 자신의 다락방, 즉 '사고'가 회전하는 머리를 발견하게 됩니다. "돌고 도는 사고"는 어린아이들이 놀고, 노래하고, 뛰어다니는 것과 비교해볼 때 어른이 되었다는 징표입니다. 우리는 물레를 돌리며 앉아 있는 "노파"를 보지만, 이 노파는 사실 공주가 스스로 물레를 돌리도록 유혹하는 사악한 열세 번째 요정입니다. 여기서 스스로 물레를 돌리는 것은 곧 독립적으로 생각한다거나, 스스로 "타락"을 저지르게 된다는 뜻으로 읽힐 수 있습니다. 그녀는 손가락을 찔러 깊은 잠에 빠져듭니다. 이렇게 공주의 운명은 봉인되었습니다.

이 부분의 이야기는 백설공주의 외견상의 죽음과 비슷합니다. 그런데 소녀는 왜 자신의 손가락을 찔렀을까요?

여기에서 보듯이 사고 또는 지식은 날카로운 특징을 지니고 있습니다.(카이의 눈에 박힌 얼음조각을 생각해보십시오.) 우리는 누군가가 "날카로운" 혹은 "예리한" 지성을 지녔다고 말하기도 하고, 또는 영리한 여우에게서 뾰족한 코를 보기도 합니다. 잠자는 숲속의 공주는 지성에 손가락이 찔리고, 잠이 듭니다.

"이게 말이 돼?" 이렇듯 여기에서 놀라거나 의문이 생길 수 있습니다.

처음으로 논리적 추리를 발견하고 사용하는 아이는 깨어날 것입니다. 그러나 감각의 세계에 눈을 뜬 결과로, 인간은 혼의 세계로 잠들게 됩니다. 아침에 일어나면 인간은 잠자는 동안 머물던 세계를 떠나게 됩니다. 아이가 성숙하여 독립적으로 생각할 수 있게 되면 지금까지 꿈처럼 살아온 신성한 세계가 닫힙니다. 그리하여 신을 만날 수 있었던 아브라함과 모세의 시대가 지난 후, 모든 인류는 현대의 물질주의적 사고 속으로 "잠들어버렸습니다." 우리 모두는 잠자는 숲속의 공주처럼 "백 년 동안 잠든 혼"의 상태에 있는 것입니다.

잠자는 숲속의 공주가 잠이 들면, 성 안의 모든 것도 잠듭니다. 인간뿐만 아니라 동물들도, 심지어 벽 위의 파리도, 난로 속의 불도 잠에 빠져듭니다. 이 이미지는 온 세계가 어떻게 "인간의 타락"과 함께하는지를 보여줍니다. 인간과 세계는 오직 하나로서 함께 발달합니다. 인간이 스스로를 고립시키는 순간 온 세계가 고통을 받으며, 가여운 존재로 떨어지게 됩니다. 인간이 어떻게 온 세계를 타락시킬 수 있었는지 쉽게 상상할 수 있습니다.

연극 「오베루퍼 파라다이스」에서, 우리는 아담이 사과를 베어 먹을 때, 이것이 완전한 어둠으로의 하강으로 묘사된 것을 볼 수 있습니다.

가시나무 울타리가 순식간에 성을 덮어버려 보이지 않습니다. 우리에게도 비슷한 일이 일어납니다. 잠잘 때 성장과 회복의 힘은 우리 몸에 계속 작용하고 낮에 소진되었던 힘을 회복합니다. 그러나 잠을 너무 많이 자면 무기력해집니다. 우리가 식물과 공유하고 있는 성장의 힘이 걷잡을 수 없이 커져, 결국 혼의 과업을 방해하는 것입니다. 그러나 억제되지 않는 성장은 혼에서도 볼 수 있습니다. 우리의 혼("나"의식)이 잠들면, 우리는 혼적인 삶에 대한 통제력을 잃어버립니다. 욕망과 충동의 놀잇감이 되는 것이지요. 우리 혼의 "가시"는 우리가 뚫을 수 없는 울타리에 둘러싸일 때까지 자라납니다. 하지만 이것이 장미의 울타리라는 것을 잊지 말아야 합니다. 장미는 줄기에 가시가 있지만 가시 같은 본성을 이겨내고 아름다운 꽃으로 자라날 수 있습니다. 이것이 순결한 백합이 아닌 장미가 꽃의 여왕인 이유입니다. 군림하는 여왕은 자신의 나쁜 측면을 통제할 수 있어야 합니다.

그러면 인간은 이기적이고 물질적인 사고로부터 발달해온 혼의 나쁜 측면을 어떻게 극복할 수 있을까요? 다시 말해, 인류가 혼의 잠으로부터 어떻게 깨어날 수 있을까요?

이는 우리의 참된 의식이 나아가서 더 높은 존재에 순종해야 함을 인식해야만 가능한 일입니다. 이를 깨닫는다면 인간 존재로서의 개인성을 느끼며, 충동을 통제할 수 있을 것입니다. 이런 자의식, 우리 내면의 왕자가 행동에 나서는 것입니다.

왕자는 칼을 들고서 가시울타리에 길을 냅니다. 우리의 자의식은 상처를 입히지 않고 어둠을 뚫고 빛으로 나아가도록 하는 힘을 지니게 됩니다.

그래야만 우리의 자의식이 혼의 잠에서 깨어날 것입니다. 곧 왕자는 잠자는 숲속의 공주에게 키스하고 그녀는 잠에서 깨어납니다.

이어지는 결혼식은 실제로 우리 자신의 혼과 더 높은 신성한 원리들의 결합입니다. 이러한 원리들은 스스로의 작은 영역으로부터 개인의 발달과 세계의 발달에 이바지해야 한다는 통찰로 이끌어 올릴 것입니다.

『잠자는 숲속의 공주』는 우리를 인류의 타락으로부터 구원으로, 오래된 과거로부터 인류의 먼 미래로 데려갑니다. 동시에 이 이야기는 한 개인으로서 인간의 삶의 발달을 보여줍니다.

다시 한 번, 우리는 어떻게 옛이야기가 개인의 발달의 과정에서 우리를 모든 인류의 더 큰 진화에 참여시키는지 보게 되었습니다.

『홀레 할머니』: 의식의 세계와 꿈의 세계

이제 특별히 중요한 이미지, 즉 깨어 있는 의식적 사고(감각 세계)인 낮의 세계와 꿈의 세계와의 차이를 드러내는 이미지의 옛이야기를 살펴보겠습니다. 달리 말하면, 지상의 세계와 죽은 후에 우리의 혼이 끌어올려지는 세계, 곧 모든 아이의 기원이기도 한 세계가 드러난 이야기입니다. 다음 이야기는 『홀레 할머니(Mother Holle)』(Jacob Grimm)입니다.

"옛날에 두 명의 딸을 둔 과부가 있었습니다." 이 첫 문장만으로도 많은 것을 알 수 있습니다. 과부는 남편을 잃은 여자를 말합니다. 즉 그 소녀들의 아버지는 죽었습니다.

어린아이에게 "아버지"는 "우리 아버지 신"을 의미합니다. 옛이야기는 큰 것에 작은 이미지를 부여합니다. 이 옛이야기는 우리에게 세상의 아버지가 겉으로는 "죽은" 것처럼 보인다고 말해줍니다. 많은 사람들이 여전히 신을 믿고 있으며, 어떤 사람들은 여전히 어떤 식으로든 신을 경험하지만, 우리에게 그의 존재는 더 이상 아브라함 시대처럼 영적으로 보이거나 들리지 않습니다. 우리 아버지 신은 이전과 마찬가지로 실재하지만, 그의 빛은 희미하게 빛나고, 죽은 사람의 혼처럼 저 멀리 빛나고 있습니다.

그런데 어머니는 누구고 딸은 누구일까요?

그 어린아이는 "아버지"라는 말로 세상의 아버지를 경험합니다. 마찬가지로 어린아이의 꿈꾸는 의식에도 옛이야기 속의 어머니는 알려진 어머니 중 가장 위대한 어머니, 즉 어머니 대지로 경험됩니다. 이 어머니는 우리에게 몸을 주었고, 업고 먹여 살렸으며, 우리는 그녀를 위해 일해야 합니다. 그녀는 가장 위대한 어머니입니다. 하지만 그녀는 "과부"입니다. 처음에 신은 아담과 이브와 함께 낙원을 거닐었습니다. 즉 세상의 아버지는 어머니 대지와 함께 살았습니다. 그러나 인간의 타락 이후 창조주인 신은 점점 더 자신의 창조물로부터 멀어져 갔습니다. 그렇게 어머니 대지는 "과부"가 되었습니다.

이 옛이야기에서, 어머니에게는 두 딸이 있는데, 하나는 상냥하고 부지런하며 또한 매우 아름답습니다.(옛이야기에서 외모는 내면의 특징을 나타냅니다.) 그리고 다른 딸은 무례하고 게으르며 못생겼습니다. 그렇지만 어머니는 못생긴 딸을 더 사랑합니다. 왜냐하면 아름다운 소녀는 의붓딸이지만 그녀는 친딸이기 때문입니다. 이 때문에 아름다운 소녀는 어쩔 수 없이 죽도록 일해야 하고 모진 대우를 받습니다. 반대로 못생긴 딸은 멋지고 편한 삶을 삽니다.

여기서 우리는 어머니 대지를 위해 힘쓰지 않는 게으른 사람들이 풍요로운 대지에서 너무나 많은 것을 빼앗아 가며, 반대로 좋은 일에 힘쏟는 부지런한 사람들이 보잘것없는 삶을 살아가는 모습을 종종 볼 수 있습니다. 그들은 그런 검소함 때문에 과부인 어머니 대지의 "의붓자녀"가 되지만, 그들 안에는 맑게 깨어난 혼이 살고 있습니다. 호화롭게 사는 게으른 사람들은 삶의 "지상적인" 측면에 완전히 얽매여 있습니다. 즉 그들은 어머니 대지의 "자식"입니다. 그러나 그들의 혼은 그들의 질 낮은 성향 때문에 "추합니다."

　그 예쁜 소녀는 손가락에서 피가 날 때까지 하루 종일 물레를 돌려야 합니다. 우리는 핏속에서 자신의 개인성, 즉 "나"를 발견합니다. 괴테의 『파우스트』에서 파우스트 박사는 피 한 방울로 악마와의 협약에 서명했습니다. 만약 사람들이 예쁜 소녀처럼 헌신적으로 지상의 과제를 완수한다면, 자신들의 진정한 자아를 만날 수 있을 것입니다. 즉 자신들의 피로써 행위에 날인하는 것이지요.

　또한, 이 이야기에서 물레가 『잠자는 숲속의 공주』와는 어떻게 다르게 사용되는지 보십시오. 『잠자는 숲속의 공주』에서 물레는 공주에게 금기를 깨도록(타락의 이미지입니다.) 유혹했습니다. 우리는 이 이야기에서 부지런한 사람이 자신의 의무를 다하는 방식과 그 방식 안에 사용되는 논리적 사고를 볼 수 있습니다. 그 일은 다른 누군가의 이익을 위해 헌신하는 것으로 마무리됩니다.(소녀는 계모를 위해 물레를 돌립니다.) 이 그리스도적 충동을 통해 어둠으로 향하던 타락에서 해방됩니다.

　소녀는 이제 자신의 물렛가락에 묻은 피를 씻으러 우물로 갑니다. 그 부지런한 아이는 자신이 저지른 일의 흔적을 없애고 싶지만 그럴 수 없습니다. 그 일은 그 일을 한 사람과 계속 연결되어 있기 때문입니다. 물렛가락은 물에 가라앉고, 그 일은 근원의 물속, 즉 지상 세계 속으로 스며듭니다.

소녀는 계모에게 심한 꾸지람을 들은 뒤 물렛가락을 찾아 우물에 뛰어들어 바닥으로 가라앉았습니다. 소녀는 잠시 의식을 잃지만, 다시 깨어났을 때 아름다운 꽃과 노래하는 새들이 가득한 들판에 서 있음을 알게 됩니다. 우리는 사람들이 물에 빠져 죽기 직전에 영의 세계를 엿본다는 사실을 알고 있습니다. 이와 관련하여 우리는 자신을 따르던 이들을 요단강에 빠뜨렸던 침례교도 요한을 기억합니다. 그들 역시 잠시 의식을 잃고 영계를 엿볼 수 있었습니다. 어떤 의미에서 그들은 성령을 접한 것입니다. 우물 속으로 가라앉아 풍요로운 들판에 이르게 된 소녀도 영계를 접한 혼의 이미지로 볼 수 있고, 또는 죽음의 문을 지나 영계로 돌아가는 모습으로도 볼 수 있습니다.

소녀가 밑으로 떨어지는데 "높은" 세계(즉, "천국")로 오른다는 게 낯설게 느껴질 것입니다. 그러나 깊이와 높이는 영적인 감각 안에서 서로 관련되어 있습니다. 혼의 삶 속으로 깊이 뛰어 들어감으로써 우리는 영적 감각의 높은 지점에 이를 수 있습니다. 이 이야기의 후반부에서, 우리는 실제로 옛이야기 속 "더 높은" 단계를 생각해야만 합니다. 그 소녀가 홀레 할머니의 이불에서 솜털을 털면, 그것은 지상에서 "눈(snow)"으로 변합니다.

소녀는 곧 꽃이 만발한 초원에 서 있음을 깨닫게 됩니다. 생명이 넘쳐흐르는 영계의 문턱에 다가선 것이지요. 여기서 혼은 지금까지 알지 못했던 성장의 힘과 만납니다. 이 초원을 걷는 동안, 소녀는 오븐을 지나갑니다. 오븐 속의 롤빵이 그녀를 불러, "우리를 오븐에서 꺼내줘. 우린 이미 다 구워졌다고!"라고 말합니다. 최후의 만찬에서 그리스도는 자신의 몸을 인간의 손으로 해와 땅을 결합하여 만든 빵(영양분)이라 부릅니다. 이 순간, 그 어린 소녀는 그리스도의 축복을 받은 빵을 만나서 받아들이고 다룰 수 있게 됩니다. 계속 가다가, 소녀가 사과나무 아래로 걸어가는데, 사과가 소녀에게 말합니다. "작은 소녀야, 나무를 흔들어 우리를 따주렴! 우리 모두 아주 잘 익었단다." 여기서 소녀는 신이 창조한 자연을 만나게 되고, 다시 한 번 이 선물들을 어떻게 다루어야 하는지 알고는 사과를 조심스럽게 모읍니다.

아버지(신)와 아들(그리스도) 모두에게서 선물을 받고 나서, 소녀는 집 하나를 발견합니다. 그 집 창가에는 못생긴 노파가 앉아 있습니다. 처음에 어린 소녀는 노파의 모습이 너무 추해서 달아나려고 합니다. 그러나 그 노파는 다정하게 말을 걸며 소녀를 집 안으로 초대합니다.

영적인 수련에 임하는 이는 반드시 수많은 시험을 견뎌내야 합니다. 더 높은 수준으로의 발달은 반드시 더 높은 책임을 동반합니다. 시험을 견뎌내는 사람만이 충분히 성숙해질 수 있습니다. 곧 영계에 들어서려는 이는 더욱 엄격한 시험을 견뎌야 합니다. 영학은 발달하는 혼이 괴물스럽고 무서운 존재인 수호령(Guardian)을 어떻게 만나게 되는지 설명합니다. 그 수호령은 준비되지 않은 혼이 더 높은 세계로 들어서지 못하도록 지키는 존재입니다. 영의 세계로 향하는 문턱을 넘어 들어가는 소녀는 반드시 이러한 시험을 견뎌야 합니다. 그 못생긴 여자는 수호령입니다. 수호령은 그 착한 소녀가 문을 넘을 수 있도록 허락합니다. 소녀의 혼은 준비된 것으로 밝혀지고, 노파가 손짓하자 소녀는 머뭇거리며 영의 세계인 노파의 집으로 들어갑니다.

이 소녀의 새 주인이 된 홀레 할머니는 이제 그녀가 해야 할 일을 알려줍니다. 그중 가장 중요한 일은 매일 할머니의 침구를 터는 일입니다. 그 일은 아주 힘차게 해야 하는 일이었기에, 깃털이 떨어져 방 안을 날아다닙니다. 소녀는 부지런히 일을 했고, 그리하여 지상의 사람들은 계속해서 "오늘 또 눈이 온다!"라고 외칩니다.

영계에 사는 혼들은 지상의 사람들에게 영적인 은혜를 베풀 수 있습니다. 만혼절(All Soul's Day)에 우리는 죽은 이들을 떠올리면서도, 마음을 열어놓기만 한다면, 그들이 얼마나 많은 도움을 줄 수 있는지 알아채지 못합니다. 가령, 머리 위에 사뿐히 내려앉는 "부드럽고 하얀 눈송이"처럼 번뜩이는 생각이 신의 선물로 우리에게 주어집니다. 소녀가 영계에서 지상 세계로 흩뿌리는 "눈"은 정말 아름답습니다. 이렇게 하늘에서 내리는 눈은 땅이 어둠에서 헤어 나오게 해주는 지고한 순결을 의미합니다.

얼마 동안 홀레 할머니를 성실히 돕던 소녀는 자신에게 늘 모질었던 계모를 그리워하기 시작합니다.

홀레 할머니는 소녀의 그리움을 칭찬합니다. 이 그리움으로 소녀는 지상에서의 어려운 일을 잊지 않았음을 보여줍니다.

지상의 삶에 대한 "그리움"은 이 이야기의 끝을 알리는 서막입니다. 여기에서 소녀는 자신에게 엄한 어머니, 즉 어머니 대지로 되돌아갑니다. 이 부분은 우리 발달의 중요하고 근본적인 부분, 즉 인간의 혼이 영계에서 지상으로 귀환하는 주기적인 과정을 묘사하고 있습니다. 이와 거의 유사하게 혼은 꿈의 세계에서 하룻밤을 보낸 후 활동을 다시 시작하며 발달을 지속하는 지상의 의식적인 삶으로 돌아옵니다. 우리가 더 큰 범위로 시선을 돌린다면 혼은 또한 마지막 생에서 미완성되었던 도전을 계속하고, 영계에서(죽음과 부활 사이) 훨씬 더 오랜 시간을 보낸 후, 영적으로 더욱 발달하기 위해 일의 세계, 즉 지상계로 되돌아감을 알 수 있습니다. 이것은 익히 알려진 재탄생 또는 윤회(reincarnation)의 오랜 원리로서, 신지학과 인지학에서 완전한 진실로 확인되었습니다.

혼이 지상으로 돌아가는 것은 쉽지 않은 일입니다. 지상은 몸의 세계인 동시에 영적인 분투의 세계이며, 그래서 지속적인 발달을 위해 견뎌야 하는 시험의 세계입니다. 매번 혼은 지상으로 돌아와 새로운 삶을 시작해야 합니다. 반면에 영계로의 귀환은 사실은 해방입니다. 이래서 아기들은 울면서 지상 세계에 들어서고, 죽어가는 사람들이 종종 얼굴에 웃음을 띠는 것일지도 모릅니다. 혼이 지상 세계로 들어가는 건 고통이면서 동시에 영계인 아버지의 땅으로 되돌아갈 수 있게 해주는 축복이기도 합니다.

그러나 영계에 머무는 동안 인간의 혼은 지상 세계에 삶의 과업과 더 높은 발달에 요구되는 시험이 기다리고 있음을 느끼며 외면할 수 없습니다. 따라서 인간의 혼은 일정 시간 동안 영계에 머물면서 더욱 발달하려는 엄청난 의지력으로 가득 채워진 후, 일의 세계인 지상으로 돌아가기를 갈망합니다.

홀레 할머니는 소녀의 귀환을 허락합니다. 떠나기 전 소녀는 일의 대가를 받을 것입니다. 홀레 할머니는 소녀를 문 앞으로 데려갑니다. 그 문은 "윤회의 문", 곧 다시 지상 세계로 데려다주는 문입니다. 여기서 홀레 할머니는 소녀에게 물렛가락을 되돌려줍니다. 소녀는 이제 삶의 경험과 성취의 실타래를 돌리는 일을 계속할 수 있습니다. 인간 혼의 영원한 발달이 이 이미지에 묘사되어 있습니다. 황금이 소녀 위로 쏟아집니다. 『잠자는 숲속의 공주』에서 보았던 것처럼, 혼이 지상의 새로운 삶을 준비할 때, 우주의 모든 부분으로부터 힘이, 즉 새로운 생명력이 그녀에게 흘러 들어가는 것입니다. 흘러 들어오는 힘의 종류와 양은 무엇보다도 발달하는 혼의 천성에 달려 있습니다. 높은 수준으로 발달한 혼은 풍부하고 다채로운 우주적 힘을 새로운 삶에 끌어들이지만, 미약하게 발달한 혼은 적은 힘만을 끌어당길 수 있습니다. 혼이 지상의 삶으로 들어설 때 지니는 이 우주의 "선물"은 살아가는 동안 계속 작용합니다. 잠자는 숲속의 공주가 요정들에게 받은 선물이 『홀레 할머니』에서는 황금빛의 비로 묘사됩니다. 쏟아지는 황금은 소녀를 떠나지 않습니다. 그것은 소녀에게 평생 사라지지 않는 빛을 줍니다. 소녀는 이제 대문을 지나 지상 세계로 들어갑니다. 수탉이 새날을 맞아 울고 소녀는 새 삶을 빛내며 살아갑니다.

이제는 게으른 동생에 대해 간략히 말해보겠습니다. 동생은 모든 면에서 언니의 반대입니다. 그녀는 아들이나 아버지의 선물을 받지 않고, 지상에 "눈"을 내리게 하지도 않습니다. 그녀가 새로운 삶의 문 앞에 서 있는 동안, 황금비 대신 검은 타르가 그녀를 뒤덮습니다. 앞에서 말했듯이 발달이 미미한 혼은 재능과 생명력을 부족하게 받아 삶의 어두운 면이 두드러지는 것입니다. 그 삶의 어두운 면들은 지상의 남은 생애 동안 그녀와 함께 남아 있게 됩니다.

그리고 여기서 이야기는 끝납니다. 이 이야기를 듣는 사람들은 지상과 달리 영계에서는 어떻게 선이 보상받고 악이 처벌받는지를 경험합니다. 이야기는 또한 악으로 고난받는 동안 어떻게 선의 새로운 가능성이 열리는지 보여줍니다. 따라서 심지어 죽음과 새로운 삶의 문을 관통하는 선과 악의 모순, 그리고 그것들 각각의 결과까지 이 이야기에서 중요한 역할을 합니다. 이 이야기를 선악의 어두운 측면으로 끝내고 싶지 않다면 이 글을 읽는 각자가 결말을 창조할 수 있습니다. 루돌프 슈타이너는 옛이야기가 긍정적인 분위기로 끝나서 아이들에게 즐겁고 긍정적인 자극을 주는 것이 얼마나 중요한지 강조했습니다. 긍정적인 분위기로 『홀레 할머니』를 끝내기 위해 우리는 다음과 같이 말할 수 있습니다. "……그러나 빛나는 소녀는 어머니에게 쫓겨난 어둠의 동생을 잊지 않았다. 소녀는 찬란한 황금으로 동생의 어둠을 밀어내려 넓은 세계로 그녀를 찾으러 갔다. 누가 알겠는가, 어쩌면 언젠가 소녀가 동생을 찾아낼지를!" 우리는 이것이 지상 위로 영의 빛을 내리쬘 수 있는 모든 사람의 과업이라는 것을 기억해야 합니다.

2장

어린아이의 세계

어린아이들은 주위 환경을 어떻게 경험할까?

지금까지 옛이야기의 세계를 살펴보았으니, 이제는 어린아이들의 세계 속으로 들어갈 것입니다. 어린아이들은 어른들과는 너무나도 다른 내면의 사고와 감정을 지니고, 세상을 깊이 경험하며 살아갑니다. 그래서 우리 어른들은 그들의 세계를 온전히 이해할 수가 없지요. 결국 우리는 어른의 시선으로 아이들의 세계를 이해하려 노력하는 수밖에 없습니다. 그렇다고 그 노력이 헛된 것은 아닐 것입니다. 어린 시절만큼 우리의 관심과 보호, 그리고 이해가 요청되는 발달 시기는 없기 때문이지요.

자! 그러면 이제부터 각자 어린 시절을 떠올려 보며 어린아이의 세계를 향한 첫걸음을 떼어보도록 하겠습니다. 먼저 어떤 특정한 사건이 아닌 그 당시의 삶으로 돌아가서 경험한 것을 떠올려 보시기 바랍니다.

주변 사람들과 이 활동을 함께해보고 그 경험을 나눈다면 어린 시절의 우리가 별다를 것 없는 아주 사소한 것들에 매료되었었다는 사실을 알게 될 것입니다. 그리고 어린아이들은 왜 어른들이 눈길 하나 주지 않는 것들에 그렇게 큰 매력을 느끼는지도 또한 깨달을 수 있을 것입니다. 제가 진행했던 한 교육의 참가자들은 검은 옷, 할머니의 웃음소리, 찻잔에 달린 은 손잡이 같은 것들을 떠올렸습니다. 하지만 아이들을 진정으로 사로잡는 건 이것들보다 훨씬 더 평범한 것들입니다. 얼마 전에 저는 도로 위의 맨홀 뚜껑 위에서 놀고 있는 아주 어린 두 아이를 본 적이 있습니다. 그 아이들은 작은 막대기로 맨홀 뚜껑의 좁은 틈에서 흙을 긁어내고 있었습니다. 아이들은 그 흙에 쏙 빠져서는 누가 옆에 와도 모르는 것만 같았습니다. 그 순간에, 아이들은 겉보기에는 쓸데없지만, 실제로는 지상 세계의 근원인 "흙"을 강하게 경험하고 있었던 것입니다. 그것은 아이들에게 완전히 새로운 경험이었고, 또 내면에서 흙-원소를 강렬하게 느낄 수 있던 기회였을 것입니다. 저는 우리가 그러한 일들을 겪을 때 아이들의 경험들에도 우리 자신의 경험들에 들인 관심만큼, 또는 그 이상의 관심을 쏟음으로써, 어린아이의 본질에 집중하면 좋겠습니다. 우리가 원하는 목표에 조금 더 가까이 다가가길 원한다면 말이지요.

언젠가 저는 고아원 앞 정원에서 이와 비슷한 경험을 또 하게 되었습니다. 어느 겨울날, 눈 녹은 잔디밭 한가운데 커다란 웅덩이가 생겼습니다. 갑자기 생겨난 이 "웅덩이" 덕에 저는 어린아이들이 주변 환경과 얼마나 강하게 연결되어 있는지, 그리고 아이들이 어른들과 얼마나 다른 삶을 살고 있는지를 알게 되었습니다.

그곳을 지나는 어른들은 갑자기 생겨난 웅덩이에 이마를 찌푸리며 조심스레 지나가기 바빴습니다. 사실 그것 말고 할 수 있는 게 무엇이 있을까요? 지나던 어떤 사람이 웅덩이에 배를 띄우거나 그 가운데를 가로질러 첨벙첨벙 걸어갔다면, 사람들의 이상한 시선을 피할 수 없었을 것입니다. 하지만 아이들은 전혀 다릅니다. 아이들은 고무장화를 신고 물속을 걸어 다니고, 작은 배를 갖고 놀기도 하고 다리와 댐을 만들며 그렇게 몇 시간이고 놀았습니다.

그런데 그 상황에서 아이들이 단지 "즐거움"만을 경험한 건 아니었습니다. 앞서 얘기했던 사례에서 흙-원소를 강하게 경험한 것처럼, 이 사례에서 아이들의 몸과 마음은 물-원소에 흠뻑 젖어들어 있었습니다. 지상의 근원 요소인 물, 그리고 그 주변의 것들이 아이들을 사로잡은 것이지요. 더욱 놀라운 건 이 "큰 웅덩이"가 아주 흔하디흔한 잔디밭, 더 정확히는 "흙" 위에 나타났다는 사실입니다. 여기서 우리는 웅덩이에서 놀던 아이들이 흙과 물의 관계를 얼마나 강하게 경험했는지도 알 수 있을 것입니다. 아마도 아이들은 잠재의식 속에서 『창세기』를 읽는 어른들 이상으로 이 원소들의 기원에 가까이 다가갔을 것입니다. 그러니 아이들에게서 이러한 경험을 빼앗아버린다면, 내면의 발달에 심각한 해를 입을 수밖에 없겠지요.

그 멋진 광경이 끝까지 순조로웠던 건 아닙니다. 아이들이 물-원소와 아주 강하게 연결되어 홀딱 젖은 채로 집으로 돌아갔기 때문이지요. 그렇지만 적어도 그것이 아이들에게 해로운 것은 아니었습니다. 아이들은 오후 내내 경이로운 시간을 보냈고 마음은 더욱 풍요로워졌을 것입니다.

그래서 우리는 비록 손이 더러워지고 옷이 젖어서 불편해지더라도 아이들에게 금지할 것과 허용할 것들을 구별할 수 있어야 합니다. 진정으로 중요한 것이 무엇인지 알아야 한다는 뜻입니다. 일이 순조롭게 흘러가는 게 더 중요한지, 아니면 아이 내면의 발달이 더 중요한지를 말입니다. 매일 아이들과 함께 지내야 하는 사람들은, 특히 다급한 순간이라면 아이 내면의 발달에 우선순위를 부여하기가 어려울 수 있습니다. 그러나 매 순간 더 중요한 일이 무엇인지 관심을 두고 집중할 수 있다면, 대개는 우리가 바라는 의미 있는 결과를 얻을 수 있습니다.

물론 아이들의 행동을 모두 수용할 필요는 없습니다. 때로는 "안 돼!"라고 말할 수밖에 없지요. 하지만 중요한 건 그 순간에도 단지 어른들이 불편하다는 이유로 짜증을 내며 다그칠 게 아니라 아이들을 이해하고 공감하는 마음으로 "안 돼!"라고 말해야 한다는 사실입니다. 언젠가 미국의 한 잡지에서 엄마가 하녀에게 "오, 메리, 아이들이 뭘 하는지 보고

'너희들이 뭘 하든 규칙 위반이야!'라고 말해줄 수 있겠니?"라고 지시하는 만화를 본 적이 있습니다. 다소 억지스러워 보이지만 실제로 종종 일어나는 일입니다. 아닌 게 아니라 아이들이 웅덩이에서 놀도록 허락하는 건 정말 중요한 일입니다.

기술 강박적인 세계는 어른들에게는 흥미진진하지만, 아이들에게는 오히려 따분한 세계입니다. 그래서 웅덩이 놀이 같은 것들이 보다 더 소중하게 느껴집니다. 물-원소는 현대의 기술문명 탓에 잃어가는 아이들의 내면의 삶과 평화를 되돌려주며 치유해주기 때문입니다.

주의해야 할 것은 아이들이 목욕탕 욕조에서 마음껏 놀도록 허용하기만 하면 충분하다고 여겨서는 안 된다는 사실입니다. 욕조의 물은 일부만 진짜입니다. 동물원의 사자가 온전한 실제의 사자가 아닌 것과 마찬가지로 욕조의 수도꼭지에서 흘러나온 물도 온전한 실제의 물이 아닙니다. 누구나 접할 수 있는 곳에 웅덩이를 만들어놓는 빗방울이나 녹은 눈, 그런 것들이 진정한 물입니다. 한편, 현대의 문화는 너무나 잔인하지만 아이들이 신는 고무장화를 만들어낸 공로는 인정받아야 합니다. 고무장화는 오늘날의 세계가 "기술적인" 충격으로 어린이들의 마음에 가져다준 상처를 조금이나마 치유해주기 때문입니다.

또 다른 흥미로운 사실은, 치유에 도움이 된다는 이유로 신경정신과 병동, 그중에서 특히 아동병동에 수족관을 많이 가져다 놓는다는 것입니다. 어떤 잡지에서는 물고기가 헤엄치는 장면을 볼 때 느끼는 '기분전환'의 효과 때문이라고 말하기도 했지만, 그것은 틀림없이 아이들이 물에 흠뻑 젖어든 물고기와 물-원소에 몰입함으로써 갖게 되는 효과일 것입니다. 그것들은 웅크린 마음에 약이 됩니다.

위에서 수도꼭지에서 흘러나온 물에 대한 말씀을 경직되게 받아들이지는 마세요! 이상적이지는 않지만, 욕조에서 노는 것도 역시 어린아이들에게 치유 효과를 줄 수 있습니다. 마찬가지로 배를 띄우며 놀 만한 작은 대야를 주는 것도 좋습니다. 이를 통해서 분명 아이의 마음은 평화롭고 건강해질 것입니다.

아이들이 불-원소를 경험하는 건 훨씬 더 어렵습니다. 왜냐하면 불에 관한 한 현대의 기술은 "고무장화"나 "치유 수족관" 등과 같은 것들을 생각해내지 못했기 때문입니다. 오히려 현대의 기술은 중앙난방을 만들어내서 아이들을 필수적인 근본 원소로부터 멀어지게 만들었습니다.

남자아이들이 손수 만든 오두막이나 숲에서의 불장난을 좋아하는 건 자연스러운 일입니다. 그렇지만 위험하기 때문에 결코 허용되어서는 안 되지요. 그러나 아이가 불-원소에 대해 알아가야 한다는 관점에서 생각해본다면, 아이들의 "불장난"을 다른 관점으로 볼 수도 있고, 어쩌면 더 깊은 의미를 이해하고 허용할 수도 있습니다. 가령 뒷마당에서 묵은 쓰레기를 태우게 하면서 아이가 통제된 환경 안에서 이 원소를 발견하고 경험하게 할 수도 있습니다.

비록 부모들에게 번거로운 일이 생기더라도 아이들은 지금까지 말한 원소 말고도 다른 원소들을 발견할 수 있어야 합니다. 공기-원소는 호루라기, 풀피리, 바람개비, 종이비행기 놀이를 하면서 발견할 수 있습니다. 이런 놀이들은 우리 어른들을 매우 성가시게 하는 일이지만, 아이들은 공기가 어떻게 움직이는지 따위와 관련된 모든 특징을 아는 데 지치지 않는 듯합니다.

아이들이 공기-원소를 마음껏 경험하면서도 어른들을 덜 괴롭히는 놀이는 연날리기입니다. 연날리기는 지구를 맴도는 강한 기류에까지 닿으며 아이들의 상상력을 더 높은 수준으로 끌어올릴 수 있는 경이롭고 고무적인 방법입니다.

또 아이들은 땅을 파는 동안 가장 적극적으로 흙-원소를 만납니다. 이와 관련해서 우리는 이미 앞에서 작은 사례를 살펴보았습니다. 굴을 파며 노는 놀이를 좋아하는 아이라면 매번 흙을 뒤집어쓰고 집에 돌아와서 어른들을 곤란하게 할 수도 있습니다.

아이는 자신이 흙투성이인지도 모르고 있다가 꾸중을 듣고 나서야 비로소 깨닫습니다. 그렇지만 아이의 발달을 위해서는 더러운 옷을 인정하며, 이 아이가 어머니 대지와 가졌던 놀라운 만남을 존중하고 그 만남을 지속시켜갈 수 있도록 공감할 수 있어야 합니다.

현실적으로나 또는 도덕과 관련된 이유로, 어떤 놀이를 금지할 필요도 있고, 또 그렇게 한 덕분에 좋은 결과로 이어질 수도 있습니다. 예를 들어, 욕하고, 비웃고, 무시하고, 무언가를 부수려는 행위는 분명히 금지해야 합니다. 그렇기는 하지만 이러한 행동들이 사랑과 공감 속에서 폭력적이지 않은 방법으로 금지된다면, 아이는 용기 있게 살아가며 바르게 발달할 수 있을 것입니다.

루돌프 슈타이너는 세 살 이전 어린아이들의 행동을 금지할 때는 특별한 주의가 필요하다고 말합니다. 왜 그럴까요? 가령 아이가 손을 뻗어 예쁜 꽃병을 잡으려고 한다면, 그것은 아이가 감각으로써 지상 세계를 배우기 위해 이곳으로 내려왔기 때문입니다. 그 일은 아이에게는 매우 성스러운 일이지요. 그래서 그 의지(꽃병을 잡는 행위)가 자신의 온 존재에 스며들어 있는 것입니다. 이때 어른이 "만지지 마!"라고 말한다면, 아이는 잠재의식 속에서 이렇게 속삭일 것입니다. '부모님은 왜 하느님이 나에게 시키신 일을 못 하게 할까?' 아이의 마음에 가해지는 충격은 이루 말할 필요도 없겠지요. 그렇다고 꽃병이 깨지도록 놓아둘 수는 없습니다. 이럴 땐 무조건 못 하게 할 게 아니라 꽃병을 직접 손으로 만져보도록 가져다줌으로써 지혜롭게 대처할 수 있습니다. 그러면 아이의 바람은 충족되고 꽃병도 온전할 것입니다.

옛이야기를 거부하는 아이들

우리는 아이들이 너무 빨리 성장하는 시대에 살고 있습니다. 부모들은 물질에 더 물들고, 아이들을 이끄는 선천적 능력을 잃어버린 듯합니다. 요즘의 많은 부모들은 어린 나이의 자녀들이 자신들과 똑같다고 여깁니다. 그래서 아이들이 원하는 것을 스스로 결정하도록 내버려 둡니다. 심지어 아이가 옛이야기를 좋아하지 않으면 억지로 듣게 하지 않습니다. 그래서 결국 아이는 평생 옛이야기를 들을 기회를 빼앗겨 버리게 되지요.

그런데 정말로 아이에게 옛이야기를 강요해서는 안 됩니다. 우리의 의도와 다른 결과로 이어질 수도 있기 때문입니다. 그렇지만 옛이야기가 일부의 아이들에게만이 아닌 모든 아이에게 매우 중요하다는 사실을 잊어서는 안 됩니다. 앞서 말했듯이 정말 좋은 옛이야기들을 통해서 아이들이 어떻게 위대한 창조와 완전한 인류 발달의 한 부분이 될 수 있는지 이해해야 합니다. 이는 지상 세계에 온 모든 사람에게 주어진 가장 큰 과제이기도 합니다. 이렇게 우리는 옛이야기가 아이들의 발달에 얼마나 필요한 것인지 다시 한 번 더 깨닫습니다. 그런데 저는 여기서 이야기를 들려줄 때 잊지 말아야 할 중요한 한 가지 사실을 덧붙이려 합니다. 그것은 바로 모든 아이에게 다가갈 수 있는 방식으로 이야기를 들려주어야 한다는 것입니다.

오로지 자동차와 콘센트 같은 것들에만 관심이 있으며, 현대의 기술에 마음을 완전히 사로잡힌 아이를 상상해보겠습니다. 아이의 흥미는 선천적인 능력에 의해서도, 교통·라디오·텔레비전 같은 현대적 기술 속에서도, 또는 시끄러운 소음 속에서 대화하는 사람들을 통해서도 촉발됩니다.

이 아이는 자기 나이에 맞는 이야기에는 관심이 없습니다. 아이는 "그건 거짓말이야, 개구리는 사람이 될 수 없어."라고 말하면서 아름다운 옛이야기를 무시합니다. 여기까지가 우리가 상상한 아이의 이야기입니다.

현대 사회의 희생양이 된 이 아이들은 물이 부족해 말라버린 식물에 비유될 수 있습니다. 그 식물에 물을 주면, 말라비틀어진 뿌리가 곧바로 물을 흡수하지는 못합니다. 그렇다고 더 이상 물을 주지 않아도 될까요? 물을 주지 않으면 식물은 죽습니다. 식물이 물을 흡수하고 다시 살아날 수 있으려면, 즉 식물이 기적적으로 물을 빨아들여 다시 살아나려면 얼만큼이 적당한지 알아내서 사랑과 정성이 가득한 영양을 공급해야 합니다. 우리는 종종 아이들의 관심을 끄는 것들, 가령 모형 자동차, 디즈니 만화 등을 통해서 아이들에게 다가가기도 합니다. 그런데 여기가 바로 실제 옛이야기와 놀이, 그리고 그 무엇보다 건강한 상상력에 호소하며 진정 아름다운 그림들로 천천히 나아가기 시작해야 할 지점입니다.(5장 "새롭고 사실적인 이야기에 대한 갈망" 참조)

어질러진 것들

어린아이를 기르는 부모는 아이가 집안 여기저기 너저분하게 어질러 놓은 것들을 어떻게 할 것인지, 그리고 어떻게 하면 아이들 스스로 정리하도록 가르칠 수 있는지에 대해 한 번쯤 생각해보아야 합니다. 아마도 그 답은 부모의 마음을 움직이는 것이 무엇인지에 따라 다르겠지요. 아이 내면의 마음과 발달을 중요시하는지, 아니면 집안이 항상 깨끗하게 정돈되기를 바라는지 말입니다.

어떻게 하면 아이들이 스스로 정리하도록 할 수 있을까요? 이 질문은 우리가 짐작하는 것보다 훨씬 더 중요한 질문입니다. 물론 어린아이들을 끝없이 놀게 할 수는 없습니다. 식사 시간이나 잠들 시간에는 놀이를 멈춰야 합니다. 그럴 때 "이 난장판을 좀 정리해라!"라고 말하기보다는 아이 마음에 공감하며 말한다면 놀잇감을 스스로 치우게 할 수 있습니다. 예를 들어, 아이에게 인형을 침대에 눕히거나 말이 잠을 잘 수 있도록 마구간으로 보내주라고 부드럽게 지시할 수 있습니다. 어린아이들은 천성적으로 낙천적입니다. 쉽게 변하기도 하고 의외로 잘 견뎌낼 수도 있습니다. 아이는 그렇게 놀잇감들을 정리한 후 식사 후나 다음날에 또 평화롭게 놀 것입니다.

하지만 화난 말투로 방을 엉망으로 만들었으니 다시는 그러지 말라고 말한다면 우리는 완전히 다른 메시지를 전하는 것입니다. 우리가 바라는 것은 아이가 스스로 정리하는 것이지만, 놀이하는 동안 아이가 환상의 세계, 꿈의 세계에 있음을 깨닫는다면 이 기대가 아이에게 어떤 의미인지 이해할 수 있습니다. 즉 아이가 스스로 이 꿈의 세계에서 깨어나기를 기대하는 건 실제로는 "나는 오늘 밤, 네가 한밤중에 스스로 일어나기를 바라."라고 말하는 것과 같은 것입니다.

아이가 환상 속에서 어떤 장난감에 빠져 있다면, 그 환상이 끝나거나 다른 장난감에 끌리게 될 때만 내려놓을 것입니다. 그런데 만일 이때 아이로 하여금 "정말 재미있지만, 지금은 다른 장난감을 치워야 해."라는 속엣말을 하게끔 만든다면, 사실상 환상세계에서 현실세계로 스스로 깨어나라고 요구하는 것이나 마찬가지입니다. 그렇지만 그건 불가능한 일이지요. 그런데도 그것을 강요하면 아이의 상상력에 치명적인 해를 입힐 것입니다. 또 아이는 단편적인 지식에 지나치게 빨리 깨어나며, 뇌는 물론 장기의 발달에도 치명상을 입을 것입니다. 신체적으로나 감정적으로 뒤처지게 되며 현대의 아이들이 그렇듯 사고의 확장 가능성도 잃어버릴 것입니다.

건강한 어린아이들이 가장 좋아하는 놀이 중에 "집"이나 "오두막"을 만들며 노는 놀이가 있습니다. 형이나 누나 또는 친구들과 함께 탁자 위에 덮어놓은 식탁보를 반쯤 걷어내고, 침대에서 이불과 담요를 가져와 덮은 다음, 남은 부분을 다른 천들로 덮습니다. 찻주전자, 포도주병, 접시 등 무거운 물건(이때 아이들은 이 물건들이 값비싸거나 망가질 수 있다는 사실을 잊어버리지요.)을 탁자 위에 올려놓아서 식탁보가 미끄러지지 않도록 합니다. 그리고 집안을 꾸미지요. 상자는 옷장이 되고, 폐지 바구니는 난로가 되고, 두어 개의 의자로 옆에 새로운 방을 만들고, 아이들은 새로 지은 집에서 무언가를 더 만들며 놀고 있습니다. 일단 집짓기가 끝나면 대개 놀이가 끝나지만, 놀이하는 동안 아이들은 이 아늑한 곳에서 완전한 편안함을 느낍니다. 평생을 살아가면서 이때 말고는 결코 맛보지 못할 느낌이겠지요.

이 놀이를 통해 아이들은 무엇을 경험할까요?

영계에서 지상으로 내려오는 모든 인간의 혼에는 자신의 몸이라는 하나의 집이 주어집니다. 엄마 뱃속에 있을 때 혼은 영적인 힘의 도움을 받아 이 집을 지으며 출생 후에도 그 일을 계속합니다. 혼은 땅 위에 자신의 "집"을 짓고 그 속에서 "편안함"을 느끼는 이 신성한 과제에 푹 빠져 있습니다. 그런데 이 일이 너무나 중요하기 때문에 자신의 신성한 과제를 몸 밖에서도 계속하지 않을 수 없는 것이지요. 이와 매우 흡사하게 고대 문명에서도 특정 종교의식을 따르는 "상징적"인 행위가 있었습니다. "집"을 짓는 일은 아이들에게 매우 종교적인 행위입니다. 우리는 종교와 기도가 아이에게 깊은 기쁨과 행복을 의미한다는 것과 더불어 모든 어린이의 기쁨이 사실은 깊은 기도로 여겨져야 함을 기억해야 합니다.

그러면 아이들이 이렇듯 집을 지으며 놀 때 우리는 어떻게 해야 할까요?

다음과 같은 경우를 상상해봅시다. 일을 마치고 집에 가서 얼른 저녁을 차리고 싶은 한 어머니가 있습니다. 그런데 집안으로 들어간 어머니는 소스라치게 놀랍니다. 집안이 엉망이 되어 있었기 때문이지요. 어머니는 아이들을 꾸짖습니다. "도대체 무슨 짓을 한 거야? 어쩌자고 집안을 이 난장판으로 만들었니? 이 많은 걸 언제 정리하고 저녁을 차리니?"라고 말입니다. 어머니의 행동이 이해는 됩니다. 그렇지만 아이들이 꾸지람으로부터 받은 충격을 피하기는 어렵습니다. 한번 생각해보세요. 성막을 지으라는 신성한 영감을 받은 모세가 화가 난 다른 신으로부터 나쁜 짓을 저지르고 있다는 말을 들었다면요? 화가 나서 어린아이를 꾸짖는 부모는 아이에게 성난 신과 다를 바 없습니다. 우리는 신성한 과제에 몰입해 있는 아이의 마음에 이런 일들이 어떤 갈등을 일으킬지 짐작할 수 있습니다.

꾸짖기보다는 부모들이 스스로 자제하는 법을 배우고 아이의 세계에 들어가 공감하는 것이 무엇보다 중요합니다. "이야!" 또는 "우와!"와 같은 가식적인 칭찬이 아니라 아이의 내면에 호소할 수 있는 방법으로 다가가야 합니다. 비록 식탁 아래에 오두막을 그대로 놓아둔 채 저녁을 차리게 되더라도 아이가 진정으로 행복해질 수 있는 방법을 찾고 아이가 한 행동의 더 깊은 의미를 이해해야 합니다.

제가 쓴 책 시리즈 『태양의 비밀(Zonnegeheimen)』의 봄에 관한 부분 "인간이 지상에서 집을 찾는 방법"[12]에서 저는 일곱 살 이상의 아이들이 지상에서 집을 찾는 영적 배경에 대해 비유를 통해 설명한 적이 있습니다.

우리는 이제 '정리 정돈'이라는 것이 어린아이들이 아니라 학교에 다니는 아이들에게나 어울리는 말이라는 사실을 분명히 인식해야 합니다.

어린아이와 공예

어른들과 어린아이들의 관계는 공예에서 분명히 드러납니다. 옛날에는 모든 공예(기술)가 일종의 신비나 소명으로 여겨졌습니다. 아이들은 잠재의식 속에서 이런 소명을 경험합니다. 작은 소년이 "버스 운전사" 놀이를 할 때, 그 소년은 여전히 오직 발 없이 땅 위를 걸어 다니는 영적 존재만이 느낄 수 있는 경이로움을 경험합니다. 아이는 또한 자신은 알지 못하는 비밀들로 가득한 차표의 신비로운 기호들을 사람들에게 나눠줄 수 있어서 자랑스럽습니다. 그러나 "진짜" 버스 운전사는 일로써 기술을 배웠고 자신의 기술에 깃든 신비로움과의 모든 접촉을 잃어버렸습니다.

---

12   원주(原註): Daniel Udo de Haes, 『태양의 비밀(Sun Secrets)』을 참조. (네덜란드 Zeist: Vrij Geesteleven, 1951-1986)

목수의 작업장에 들어간 아이는 나무 냄새, 불꽃 모양의 나뭇결무늬, 작업 도구들과 사용법에 마음을 쏙 빼앗길 것입니다. 대패질로 생겨난 완벽하게 둥근 대팻밥 속에는 기하학적 무늬가 살아 있습니다. 목수는 웃습니다. 그는 나무가 그런 모습을 띠는 게 당연하다는 걸 알고 있기 때문이죠. 의식적이든 무의식적이든, 이미 그러한 것들을 너무나 많이 경험했기에 이것들에 놀라지 않는 건 어쩌면 목수로서의 자부심 때문일 것입니다. 그렇지만 대팻밥이 생길 때마다 어깨를 으쓱하는 어린이 목수를 상상해보세요. 아이는 초보입니다. 경험이 많은 목수처럼 보이지는 않습니다. 그래서 목수가 웃는 거죠. 하지만 목수는 이 아이가 여전히 "꿈"을 꾸고 있으며, 따라서 자신은 잃어버린 공예(기술)의 더 깊은 본질과 진정으로 교감하고 있다는 사실을 의식하지는 못합니다.

우리 어른들은 이 어린 시절의 경험을 완전히 의식하며 이해심을 갖고 바라보아야 합니다. 그래야 아이들의 의식이 너무 일찍 깨어나지 않도록 보호하고, 신중하게 좋은 방향으로 이끌 수 있습니다.[13]

평범한 물건들

이 장을 시작할 때 어른들은 평범하게 여기는 것들에 아이들이 왜 그

---

13   원주(原註): Daniel Udo de Haes, The Singing, Playing Kindergarten(WECAN 2015) 참조.

렇게 매료되는지 물었습니다. 그러면서 몇 가지 특수한 사례들을 깊이 살펴보았지요. 이제는 옛이야기와 밀접하게 관련된 것들에 대해 좀 더 일반적인 관점에서 살펴보고자 합니다.

우리는 "어린아이들이 모든 것을 신기하게 바라보는 이유가 그들에게는 그것들이 새롭기 때문이다."라고 말할지도 모릅니다. 하지만 좀 더 자세히 들여다보면 이 말이 틀렸음을 알게 됩니다. 왜 그런지 지금부터 그 이유를 살펴보겠습니다.

만약 우리가 어떤 하나의 언어를 사용한다고 가정한다면, 그 언어 자체를 이해해야만 상대방이 무슨 말을 하는지 알 수 있습니다. 다시 말해 그 언어가 이미 "우리 안에 살아 있을" 경우에만 이해할 수 있다는 말입니다.

마찬가지로, 가령 산을 처음 보는 사람은 "산"의 본질, 즉 "높이 솟아오른 무엇"이라는 본질을 마음속에 품고 있을 때만 산으로부터 깊은 인상을 받을 수 있습니다. 산은 인간의 마음을 향해 "솟아오름의 언어"인 "산의 언어"로 말합니다. 인간의 마음에 산의 본질과 관련된 게 아무것도 없다면, 산의 언어가 내려앉을 수 있는 토대는 없습니다. 언어는 이해되지 않으며 산은 인간에게 아무런 의미도 없을 것입니다.

더 일반적으로 말해서 만약 누군가가 무언가에 경외심이 일거나 그

것과 연결되어 있음을 느끼게 된다면, 이는 마음속 어딘가에 잠들어 있다가 경험을 통해 갑자기 또는 서서히 일깨워지는 무언가를 알아차리고 있는 것입니다.

이는 아이들뿐만 아니라 어른들에게도 해당되는 것입니다. 이렇게 물을 수 있지요. "사물들과의 고요하고 비밀스러운 연결은 어디에서 오는 것일까?" 이 질문에 답할 때, 그 설명이 어른과 아이들 안에서 얼마나 다르게 나타나는지 알게 됩니다.

먼저 어른 세계의 예를 살펴보겠습니다.

비잔틴 미술의 이탈리아 프리미티브(primitives)[14]와 특히 러시아 성화에서 우리는 「마돈나(Madonna)」와 「수태고지(the annunciation)」, 그리고 금빛 바탕에 그려진 다른 종교적인 이미지들을 볼 수 있습니다. 그런데 이 초기 화가들은 왜 인물상을 금으로 둘러쌌을까요? 확실한 건 단지 교전(教典)이나 어떤 특정한 종교적 감정 때문에 그랬던 것은 아니며 지적인 성찰을 통한 결과는 더더욱 아니라는 사실입니다. 실은 그들을 움직이게 한 훨씬 더 깊은 욕구가 있었습니다. 그래서 그들은 그렇게 할 수밖에 없었을 것입니다. 그것이 무엇이었을까요?

---

14   서양 미술사에서 르네상스 이전의 화가나 그 작품을 가리키는 용어.

지상에 태어나기 전 여전히 성스러운 "아버지 나라"에 있는 동안, 이 사람들은 '그리스도 충동'을 혼에 흡수했습니다. 그들은 태어나기 전에 그리스도적 신앙에 흠뻑 물들어 지상에 도착했지요. 그들은 이미 자신들의 혼 속에 비밀스러운 기독교적 역사와 전통을 지니고 있었고 그것들을 지상의 삶에서 마주쳤을 때 무의식적으로 받아들이게 되었습니다. 따라서 그 모든 경험은 "신성한 인식", 곧 의식이 아닌 깊은 무의식이나 반의식이었습니다. 「마돈나」를 그릴 때 이 화가들은 동정녀 마리아를 황금색 불빛과 진실로 존재하는 "영적인 아버지 나라"로 둘러싸야만 그림이 완성될 수 있다고 느꼈습니다.

어린아이들에게 혼의 인식은 이와 비슷한 기원을 가지고 있습니다. 우리 어른들은 자연, 예술, 종교, 철학 등 문화 속에서 혼을 인식합니다. 반면에 어린아이들은 앞에서 설명했던 흙, 물, 공기, 불[15]이라는 원소와의 강한 연결에서뿐만 아니라 가장 일상적인 것, 즉 의자, 탁자, 숟가락, 꽃, 새 등에서 자신들의 혼을 발견합니다. 어린아이들이 "일반적인 사물" 속에서 혼을 인식한다는 사실이 어른들의 혼의 인식보다 덜 중요하다고 생각하지는 않았으면 합니다. 왜냐하면 실은 오히려 그 반대이기 때문입니다. 이 작은 아이들에게 출생 전의 신성한 세계는 훨씬 더 가까우며 또 아이들을 사물의 본질과 매우 강하게 연결될 수 있게 해주기 때

---

15 4원소설은 고대 그리스의 엠페도클레스에 의해 처음 주창된 것으로 모든 물질이 흙, 물, 공기, 불로 이루어졌다고 본다.

문에, 어린아이는 어른들보다 훨씬 더 깊은 혼의 세계에 살고 있는 것입니다. 공예와의 만남에서 보았던 것처럼 어린아이는 우리보다 훨씬 더 원초적이고 깊고 넓게 혼을 경험합니다. 우리의 혼은 문화의 흐름과 연결되어 있는 반면, 일상의 사물들과 깊이 연결되어 있는 아이는 창조적 기원에 좀 더 가깝습니다.

어린아이가 주변 환경에서 새로운 것을 접할 때 느끼는 경외감은 새로운 것, 알려지지 않은 것에 대한 경외감입니다. 그러나 이미 접한 것들에 대한 완전한 몰입은 내면 깊숙이 간직된, 꿈꾸는 듯한 기억과 출생 전 세계로부터 비롯됩니다.

어린아이가 식물, 동물, 소리, 색깔과 내적으로 연결되어 있음을 받아들일 수 있는 많은 사람들은 아이가 출생 전부터 바구니, 숟가락, 찬장과 같은 평범한 것들과도 깊이 연결되어 있었다는 사실에 또한 감동할 것입니다. 하지만 이것들의 본질은 유형의 물체가 아니라 영의 세계에 기원을 두고 있습니다. 그것들은 마찬가지로 인류에 의해 지상의 형태로 전해진 영적 원리입니다. 어린아이는 발달, 즉 인간의 손을 통해 영적인 기원에서 지상의 형태로 이어지는 탄생 과정을 자신의 온 존재로 지각하며 내적으로 깊이 존중합니다.

탁자를 예로 들어보겠습니다. 탁자는 인간의 손에 의해 만들어진 유형의 물체입니다. 그러나 이 인간의 창조물은 희생과 헌신을 상징합니다. 그 원형의 테이블은 제단입니다. 영의 세계에도 천사들이 더 높은 천사들에게 제물을 바치는 제단이 있습니다.

의자는 환대와 온화함을 상징합니다. 그것은 우리가 와서 잠시 앉아서 쉬도록 초대합니다. 천국에는 또한 많은 의자가 있는데, 그 가운데 가장 높은 의자가 하나 있습니다. 바로 신의 왕좌입니다. 이 왕좌와 이 의자들은 왕의 왕좌의 원형이지만 또한 우리 거실에 있는 의자의 원형이기도 합니다. 문은 다른 방으로 가는 통로이자, 영의 세계에서 더 높은 단계로 가는 관문입니다. 우리는 삶의 끝에서 죽음의 관문을 통과합니다. 귀중품을 보관하는 캐비닛의 원리는 가장 아름다운 비밀을 간직할 수 있는 우리의 마음과 같습니다. 영계 전체가 우리가 그곳으로 들어가는 열쇠를 찾아야만 얻을 수 있는 경이로움을 품은 거대한 성지입니다. 곧고 자랑스럽고 강력한 **나**(I)의 모양을 지닌 망치는 신화에서 목표물을 향해 잘 겨눠진 신성한 토르(Thor)[16]의 망치로 간주됩니다. 우리는 이런 식으로 계속 이야기할 수 있습니다.

감각 세계가 우리에게 주는 이러한 모든 "닮은 점"을 관찰할 때, 우리는 망치, 캐비닛, 문, 의자 또는 테이블 등 우리가 눈으로 볼 수 있는 물체들이 일시적이라는 것을 기억해야 합니다. 그것들은 몇 년 혹은 몇백

---

16 북유럽 신화에서 가장 인기가 많고 널리 알려진 신으로 북유럽 신화 이야기 거의 대부분에서 주역으로 나온다. 영어 등의 게르만 계열 언어에서 목요일을 나타내는 단어인 Thursday가 토르의 날(Thor's day)에서 유래했다고 전해진다.

년 후에는 더 이상 그곳에 있지 않을 것입니다.

하지만 토르의 망치, 성지, 천국으로 가는 문, 신의 왕좌, 천상의 제단과 같은 영계의 원리는 영원합니다. 괴테는 "우리가 주변에서 보는 모든 것, 일시적인 모든 것은 그 영원한 영적 원리의 복제이다."라고 말했습니다. 어린아이들은 이를 꿈꾸듯이 지속적으로 경험합니다. 이 꿈같은 경험에 공감할 수 있다면, 어린아이의 본질에 더 가까이 연결될 수 있습니다.

아기가 어린아이보다 출생 전 기원에 훨씬 더 강하게 연결되어 있는 건 분명합니다. 아기의 경험은 훨씬 덜 의식적이기 때문에, "인식"은 더 깊고 꿈꾸는 듯한 성격을 지니고 있습니다. 아기는 거의 전적으로 신성한 기원에 살고 있습니다. 그러다가 유치원에 다닐 무렵, 감각이 더 중요한 역할을 하기 시작하면 아이는 영계와 감각 세계라는 두 개의 대조적인 세계를 경험합니다. 이 두 세계의 만남을 보며 아이는 매료됩니다. 그 자신이 아직도 자신 내면의 영계에서 온 무언가의 지상적 구현인 것처럼 자신이 보고 듣는 모든 것을 꿈꾸듯이 인식합니다.[17]

---

17 원주(原註): 전기 놀잇감, 모터가 달린 놀잇감, 기계의 힘으로 회전하거나 걷는 놀잇감은 예외입니다. 오늘날의 어린아이들이 이 장난감들에 대해 가지는 관심은 태어나기 전의 세계로부터 오는 것이 아닙니다. 특히 어린아이들이 지니는 흥미는 더 건강한 형태로 흥미를 불러일으킬 만한 것으로 대체되어야 합니다. 이 주제에 대한 자세한 내용은 Herbert Hahn, Vom Ernst des Spielens: eine zeit- gemässe Betrachtung über Spielzeug und Spiel(Germany, Waldorfschul-Spielzeug & Verlag, 1930)을 참조.

유치원 때 이후로는 모든 것이 바뀝니다. 아기가 아직 유치원 아이들의 "매혹"을 경험하지 않는 반면, 또한 학령기 아동은 "일상의" 물건에 대한 매혹을 거의 경험하지 않습니다. 청소년기에는 이런 종류의 경험이 완전히 사라집니다. 물체의 영적 기원과 관련된 것이 거의 완전하게 사라지는 것입니다. 두 세계의 만남에 대한 '매혹'은 어린아이들만 가능하며, 어른이 되면 사물의 본질에 대한 의식적인 실천과 깊은 사고를 통해서만 이를 재발견할 수 있습니다.

다음의 사례는 어린아이가 물체의 본질과 강하게 연결된 방식을 보여줍니다.

오래전 우리 집 근처에는 움푹 들어간 냄비와 팬, 물이 새는 주전자들, 망가진 신발, 낡은 매트리스 같은 쓰레기들이 버려진 들판이 있었습니다. 어느 날 당시 네 살쯤 된 막내딸이 들판에서 어떤 물건을 찾아 들고는 신이 나서 뛰어왔습니다. "아빠 이것 보세요. 이거 거실에 걸어놔도 돼요?" 하고 외쳤습니다. 막내딸이 손에 들고 있던 건 담배 광고가 새겨진 오래된 에나멜 광고판이었습니다. 실물보다 더 큰 한 갑의 담배가 밝은 노란색과 빨간색 배경에 똑같이 묘사되어 있었습니다. 결국 그 광고판은 그 후 얼마 동안 우리 거실에 걸려 있었지요. 저는 렘브란트의 「야경」이, 제 딸에게는 그렇게 재미있지 않았을 거라고 확신합니다. 그렇지만 그 담뱃갑과 그 위에 묘사된 밝은 빨강, 노랑의 색들은 아이를 매혹시키기에 충분했습니다. 아이는 이렇듯 순수한 색깔로 그것들의 기원을 경험합니다.

이런 경우에 담배 광고판이 지저분하고 쓸모없으니 거실에 어울리지 않는다고 말한다면, 이 지상 세계를 책임지고 있는 우리 어른들이 아이의 본질, 즉 아이가 완전히 물들어 있는 어떤 것들을 소중하게 여기지 않는다는 메시지를 전하는 것입니다.

어린아이는 물체의 본질을 전체적으로뿐만 아니라 모든 작은 부분, 가령 손잡이, 잎, 꽃 등을 함께 인식합니다. 즉 말의 머리뿐만 아니라 콧구멍과 발굽, 새의 부리, 날개, 다리, 발톱도 인식합니다. 아이는 모든 것을 보고 자신 안에 있는 신성한 원리의 일부를 떠올리며 깨어납니다. 우리가 위에서 간단히 말했던 소리, 음색, 색채—심지어 형태의 세계, 즉 구멍의 둥근 부분, 상자의 네 모서리는 그 본질을 심오한 언어로 표현합니다.

우리는 이제 가장 단순한 것들과의 깊은 연결을 통해 왜 옛이야기들이 이 물건들을 그렇게 많이 이야기하는지 이해할 수 있습니다. 물레의 가락, 신데렐라의 신발, 엄지동자(Tom Thumb)의 조약돌과 빵 부스러기, 백설공주의 사과, 소원탁자, 자루 속의 찌꺼기 등등 이런 평범한 것들은 종종 특별한 말을 합니다.

하지만 우리에게는 또한 황금왕관, 황금왕좌, 왕의 성도 있습니다. 우리에게는 돼지와 거위, 마구간의 소년, 왕자, 공주, 왕, 여왕, 모든 평범하거나 특이한 것과 사람들, 그리고 마지막으로 그들 자신의 멋진 형상의 언어로 말하는 동물들도 있습니다.

옛이야기는 더 높은 세계나 더 높은 영적인 존재에 대해 말하는 경우가 거의 없습니다. 또 천사와 천국도 거의 언급되지 않습니다. 대신 우리가 선과 악의 영적인 힘의 상으로 여기는 요정과 난쟁이, 용과 마녀를 만납니다. 아이에게 이러한 존재는 지상에 존재하는 많은 선과 악의 형태를 상징합니다.

그렇다면 왜 옛이야기는 영적 세계를 증언하면서도 더 높은 세계와 영적인 존재에 대해 직접적으로 말하지 않는 걸까요?

이 질문에 답하려면 우리는 옛이야기가 여전히 인류가 지상의 세계와 더 강한 연결을 찾아야 했던 시대에 쓰였음을 기억해야 합니다. 만약 이 이야기들이 신화시대 이후의 초기 사람들에게 천사와 더 높은 존재에 대해 이야기했다면, 사람들은 지상으로 가는 길을 찾지 못하고 헤맸을 것입니다. 옛이야기는 어린아이들에게 천국에서 지상으로 그들이 가야 할 길을 보여주려는 것과 같은 방식으로, 인류에게 인류 발달의 올바른 길을 보여주고자 합니다.

인간은 누구나 태어나기 전 세계로부터 완전한 영적인 내용을 가져와 지상의 세계로 들어가야 합니다. 그리고 어린아이도 이런 방법으로 지상의 세계로 들어가 "가장 단순한" 것들을 찾아야 합니다. 그래야만 인간은 마침내 지상에 체현된 그 자신의 존재 안에서 의식적으로 영의 세계를 재발견할 수 있습니다. 인간은 어린 시절에 지상의 영계를 꿈꾸듯이 인식할 때에만 영적 존재에서 지상 세계로 태어난 것에 대한 완전한 의식이 깨어날 수 있습니다.

하지만 이 의식은 너무 이르지 않게 적절한 시기에 깨어나야 합니다. 그래서 옛이야기 속에서 평범한(그리고 또한 비범한) 지상의 물건들이 자신들의 영적인 내용을 생동감 있게, 그러나 은밀한 방식으로 전달하는 것입니다. 너무 이르게 싹트지 않도록 딱딱한 껍데기로 보호되는 씨앗의 세포처럼 옛이야기에서 나타나는 지상 세계의 이미지는 그 비밀을 오직 삶의 후반기에 드러내기 위해 이른 발견으로부터 보호됩니다.

옛이야기는 때가 무르익었을 때 아이의 마음에 영적인 꽃이 피어나도록 영적인 싹이 될 수 있는 숨겨진 보물을 선사합니다.

이렇게 우리는 이제 이 책의 서두에서 제기된 "왜 우리는 어린아이에게 옛이야기를 들려주어야 하는가?"에 관한 질문에 새로운 답을 얻게 되었습니다.

3장

어린아이와 옛이야기에 관한 몇 가지 단상

왜 개념이 아닌 은유인가?

"왜 어린아이들에게는 개념과 논리 대신에 넓고 깊은 은유로 말해야 할까?" 지성과 합리성을 중시하는 오늘날 이런 의문이 드는 건 자연스러운 일입니다.

이 물음에 대한 가장 분명한 답은 어린아이들이 아직 논리에 열려 있지 않다는 것입니다. 안타깝게도 어린 나이에 논리적 사고에 노출된 아이들은 상상력을 키우고 몸의 장기를 만드는 데 필요한 힘을 희생하게 됩니다. 어린아이가 선명하게 정의된 개념을 이해할 수 없다면 오히려 좋은 일입니다. 지나치게 빠른 발달은 아이에게 해롭기 때문이지요.

개념은 딱딱하게 경직되어 있고 자라거나 변할 수 없어서 역동적인 발달과정에 있는 아이에게는 전혀 적합하지 않습니다. 루돌프 슈타이너는 어린아이에게 개념을 가르치는 것은 한창 자라고 있는 아이에게 평생 신어야 할 신발을 선물하는 것과 같다고 말합니다.

반면, 엄격한 경계 없이 살아 움직이는 이미지는 아이의 혼과 함께 자유롭게 자라나며 아이의 발달에 맞게 변할 수 있습니다.

이미지는 보통 무의식 속에 숨겨진 채로 발달합니다. 오래전 치료 교사 양성 교육을 받고 있을 때의 일입니다. 저는 그 당시 덩치 크고 다루기 힘든 남자아이들과 함께 지내야 했던 적이 많았습니다. 그럴 때마다 정말 너무 힘에 부쳐 일을 계속할 수 없을 것만 같았었지요. 정말 절망스러웠습니다. 하지만 포기하려고 했을 때, 여지껏 제 마음속에 숨어 있던 기억이 하나 떠올랐습니다. 그건 옛이야기 속의 한 장면이었는데, 그 이미지 속에서 저는 어린 소녀를 보았습니다. 그 어린 소녀는 가엾게도 지푸라기로 황금실을 짜야만 했었지요. 도저히 불가능해 보이는 일을 앞에 두고 소녀는 끝내 울음을 터뜨리고 말았습니다. 그런데 그때 갑자기 한 난쟁이 요정이 나타나 도움을 주었고, 그 소녀는 마침내 그 일을 해낼 수 있었습니다. 이때의 기억은 저에게 큰 자신감을 주었고, 이후 저는 어려운 일을 계속할 용기를 낼 수 있었습니다.

이 이야기로 많은 것들을 말하려는 건 아닙니다. 저에게 새로운 용기를 불어넣어 준 건 난쟁이 요정이 아니었을 테니까요. 다만 제가 하고 싶은 말은, 제가 어렸을 때 이 이야기를 듣지 않았다면 그 이미지가 머릿속에 떠오르는 일은 결코 없었을 거라는 것입니다. 오히려 그 순간에 다른 누군가가 그 이야기를 들려주었다면 저는 받아들이지 않았을지도 모릅니다. 하지만 그 이미지는 거의 30년 동안 제 안에 잠들어 있었고, 어느 날 불현듯 나타나 도움을 주었습니다. 정확하지는 않지만 아마 네 살쯤 되었을 때 이 이야기를 들었던 듯합니다. 그렇지만 그 이미지가 떠올랐을 때, 저는 그 의미를 이해할 수 있었고, 오래전에 제 안에 스며든 것임을 또한 분명하게 알아차렸습니다. 그리고 긴 시간 깊숙이 간직된 채 얼마나 강해졌는지도 느꼈지요. 제게 용기와 힘을 준 건 이미지 그 자체가 아니라 오랜 세월 동안 침묵 속에서 자라온 힘이었습니다.

또 이렇게도 말할 수 있습니다. 우리가 성장함에 따라 이미지도 서서히 자라고, 완전히 잊힌 듯하다가도 동시에 숙성되어 우리 삶의 여정에 내내 함께한다고 말입니다. 눈에 보이지 않는 햇빛이 씨앗을 싹트게 하듯 이 이미지들은 아이의 혼에서 비슷한 방식으로 작용합니다. 그 작용은 의식되지 않고 비밀스럽게 아이의 몸과 마음에 힘을 줍니다.

따라서 이제 우리는 "믿기지도 않고, 이해하기도 어려운 이미지들을 어린아이에게 전해주는 게 어떻게 좋을 수 있을까?"라는 물음에 새로운 답을 찾게 되었습니다.

그 답은 첫째, 앞서 말했듯이 어린아이들의 내적 본성은 우리 어른들의 지성보다 이미지들의 신성한 기원에 훨씬 더 가까우면서 무한히 열려 있다는 것입니다. 둘째는, 잠재의식 속에 묻혀 떠오르지 않을 때조차도, 그 이미지들은 아이의 내면에 깊이 파고들어 아이가 잘 발달할 수 있도록 돕는 위대한 내용들을 지니고 있다는 점입니다.

양배추와 황새

출생에 관한 비밀은 반드시 이미지로 아이들에게 전해야 하는 주제 중 하나입니다. 오늘날은 너무 일찍부터 아이들에게 모든 진실을 알려주려 합니다. "아이들에게 진실을 알려주는 것이 왜 문제가 되지?"

이렇게 생각하는 사람들은 출생의 과정처럼 우리 어른들이 말하기에 껄끄럽지 않다고 여기는 것들이 실은 아담과 이브의 타락에서 뻗어 나온 수많은 연결고리로 이어져 있음을 간과하고 있는 것입니다. 연극「오베루퍼 파라다이스」를 알고 있는 사람들은 아담과 이브가 낙원에서 추방되었을 때, 매일 먹을 빵을 마련하기 위해 일을 하고 아이를 낳는 고통을 겪어야 했음을 기억할 것입니다.

영학(spiritual science)은 인류가 타락 이후 점점 더 몸으로 응축되어왔다고 말합니다. 타락 이전에 인간의 몸은 훨씬 덜 단단했고, 심지어 더 이전에는 존재하지도 않았습니다. 몸의 응축은 인류가 신에게서 멀어진 때부터 시작되어 점차 현재의 형태를 띨 때까지 이어져 왔습니다. 인간은 이제 스스로 모든 것에 책임을 지는 지상의 온전한 존재가 되었습니다. 지상의 인간은 처음에는 신의 돌봄을 받으며 평온한 삶을 살았습니다. 하지만 이제 힘들게 일해야 하고, 스스로 먹을 것을 장만해야 합니다. 땅을 디디고 살아야 할 인간들의 발등에 불똥이 떨어진 것이지요. 오늘날 이 일은 여전히 남자의 몫입니다. 남자는 농부, 시계 수리공, 화가 또는 사무원으로 항상 흙과 땀을 뒤집어쓴 채 자신과 가족들이 먹을 음식을 마련하는 세속적인 일을 해야 합니다. 또 여자는 자손을 낳고 키우느라 온 힘을 쏟으며, 인간의 몸이 점점 응축되어온 탓에 큰 고통을 겪게 되었습니다.

인류가 신을 떠나 지상에 정착했듯이, 어린아이도 땅에 발을 디딜 방법을 찾아야 합니다. 전통적으로 남자가 했던 일을 경험하는 "공예"가 그 방법을 찾는 데 도움이 됩니다. 모든 공예품은 인간이 어떻게 신성한 세계의 것들을 지상의 물질로 응축할 수 있는지를 보여줍니다. 이는 특히 예술가의 작품에 드러나지만, 다른 공예에서도 볼 수 있습니다. 전통적으로 여성의 일이었던 주부, 재봉사도 예외는 아닙니다. 아이는 손으로 행하는 모든 일을 통해 인간이 어떻게 영(spirit)을 지상 세계에 구현했는지 볼 수 있습니다.

하지만 신체의 출생은 완전히 다릅니다. 인간이 지상에 영을 구현하는 방식을 신체의 출생에서는 발견할 수 없습니다. 산모 자신이 아기를 창조하지는 않기 때문입니다. 산모는 고통스러운 수축을 경험하지만, 출산의 순간에 겪는 신체적인 경험은 영적인 경험이 아닙니다. 반면에 유아기의 아이들은 여전히 주로 영의 세계에 살고 있고, 그들의 꿈꾸는 의식은 아직 물질적 탄생을 맞이할 준비가 되지 않았습니다. 그래서 아이들에게 아기의 출생 과정을 말해줄 필요가 없으며 오히려 더 해로울 뿐입니다. 왜냐하면 그렇게 함으로서 아이들이 영계와의 연결을 잃을 수도 있기 때문입니다. 영계와의 연결로부터 혼을 조급하게 끌어내면 아이들의 발달에 부정적인 결과가 초래됩니다.

그래서 인류는 본능적으로 아기의 형과 언니들에게 들려줄 출생의 이미지를 만들어냈을 것입니다. 놀랍게도, 이러한 이미지들은 영적인 탄생을 새로운 몸의 탄생으로 묘사합니다. 물론 물질적인 몸의 탄생과 혼동해서는 안 됩니다.

여기서 무슨 일이 일어날지 상상해보겠습니다. 수호천사에 이끌려진 인간의 혼은 영계에서 내려와 자연이 선물한 작은 몸에 살게 됩니다. 몸은 천상과 지상이 만나는 곳입니다. 즉 우리는 "양배추에서 어린아이들이 자란다."[18]라는 속담을 통해 신체는 땅에서 솟아 나와 자란다고 말하기도 하고, 때로는 아이들을 "새싹"이라고 부르거나 "잡초처럼 자란다."

---

18   Little children grow from heads of cabbage.

고 말하기도 합니다. 또 다른 한편 "황새가 아이들을 물어 온다."는 말도 있습니다. 이 멋진 탄생에 정말 놀랍고 고결한 상이지요! "양배추"와 "황새"는 각각 탄생의 다른 측면을 보여주는 두 개의 이미지이며, 이들은 함께 전체의 이미지를 구성합니다. 본질적으로, 그것들은 진정한 "동화적 이미지"이고, 이 이미지들이 그것들 각각의 방식으로 위대한 진실을 가져다주는 방식은 매우 인상적입니다. 어쩌면 이는 아직 싹트지 않은 옛이야기의 씨앗이겠지요. 어린아이에게는, 황새의 이미지가 훨씬 강할 것입니다. 단지 매우 점액질적인 아이만이 양배추가 가져다주는 이미지에 관심을 가질 수 있습니다.(5장 "옛이야기와 기질", "기질에 따른 옛이야기 들려주기" 참조)

아마 오늘날에는 이미지와의 연결을 잃은 채 아이들은 천사가 데려다주는 거라고 말하는 사람들이 많은 듯합니다. 물론 그렇게 말할 수도 있습니다. 하지만 그것은 이미지가 아니라 진실, 즉 영적 진실입니다. 물론 그 진실이 더 큰 의미를 지녔다는 확신과 느낌으로 들려준다면, 이미지에 깃든 진실을 믿지 않은 채 황새 이야기를 들려주는 것보다는 더 나을 것입니다. 그리고 거짓말을 한다는 느낌도 없을 것입니다.

그럼에도 천사의 이미지보다, 키다란 황새의 인상적인 이미지가 아이로 하여금 더 쉽게 지상의 세계로 들어가게 할 수 있습니다. 비록 그 새가 높은 하늘을 나는 새이지만 말입니다.

황새 이야기를 더 이상 믿지 않는 좀 더 큰 아이들은 대부분 천사 이 야기는 받아들일 것입니다. 그때 우리는 이전에 이야기했던 황새가 실 제로는 천사였다고 말할 수 있습니다. 우리의 확신이 함께한다면 건강 하게 자란 큰 아이는 이를 온전히 받아들일 것입니다.

아이들이 좀 더 크면, 신체의 출생에 대해 말해줄 수 있습니다. 청소 년기가 된 아이들은 모든 것을 알게 됩니다. 여기서 강조되어야 할 것은 이것이 출생 과정의 다른 측면들이고 아이는 그 양면성을 경험할 수 있 으며, 어렸을 때 자신에게 주어진 이미지들이 여전히 진실임을 이해할 수 있다는 점입니다.

"잔혹함"과 염려스러운 측면들

옛이야기를 들려줄 때 마주치는 또 다른 문제는 사람들이 종종 옛이 야기에 나오는 잔혹하고 무서운 장면들을 들려주지 않으려 한다는 것 입니다. 만약 여러분이 "잔혹하다"거나 "무섭다"고 느낀다면, 그 감정이 아이에게 전해지게 되고, 그러면 그 순간 이야기 속에 머물던 아이는 갑 작스럽게 현실세계로 깨어날 것입니다. 이렇게 되니 차라리 들려주지 않는 게 더 낫습니다. 어쩌면 처음부터 이런 끔찍한 일이 일어나지 않는 이야기를 선택하는 게 최선이겠지요.

"잔혹함"과 관련하여, 우리는 이러한 것들이 실제로 어린이를 위한 동화적 언어의 잔혹함인지 늘 자문해보아야 합니다. 이야기에서 "불쾌한" 것들은 본질적으로 모든 외부 현실의 사실과는 관련 없는 이미지적 특성을 지녔음을 기억하세요. 야콥 그림의 『두 형제(The Two Brothers)』를 살펴보겠습니다. 사냥꾼인 두 형제 중 한 명은 자는 동안 무신론자인 한 장군에게 머리가 잘립니다. 매우 "꺼림칙한" 일이지요. 하지만 조금 후에 그 장군을 따르던 다섯 마리의 동물들이 머리를 다시 붙였고, 그중 토끼가 약초를 가져와 상처를 치료합니다. 그런데 잠시 후에 동물들은 머리를 뒤로 붙였다는 사실을 알게 되었고, 무리 중의 사자가 머리를 다시 떼어내 바르게 붙입니다. 약초는 효험이 있었고 사냥꾼의 상처는 낫습니다. 옛이야기에서 머리가 잘리는 건 전혀 무서운 일이 아닙니다. 우리 어른들은 그러한 일을 끔찍하고 피비린내 나는 사실적인 일로 인식하지만, 어린아이들은 이를 완전히 다르게 받아들입니다. 아이들은 서랍의 손잡이가 빠지는 것처럼 사람의 머리도 떨어져 나갈 수 있다고 생각합니다. 그런 일에서 피가 나거나 하는 일은 없습니다.

옛이야기에서 머리를 잃는 건 등장인물이 잠시 또는 영원히 의식을 잃어야 함을 의미할 수 있습니다. 우리가 이를 늘 염두에 두고, 목이 잘리는 장면이 어린아이에게는 결코 어른들처럼 사실적으로 떠오르는 게 아님을 안다면, 그 상황을 오히려 더욱 열정적으로 들려줄 수 있습니다. 그리고 그럴 때 비로소 이야기로서 제 역할을 다하게 될 것입니다.

또 다른 불쾌한 예는 『빨간 모자』 이야기에서 발견됩니다. 만약 늑대가 인간을 결코 통째로 먹어 치울 수 없다는 사실을 생각하지 못한 누군가가 늑대에게 잡아먹히는 장면을 듣는다면 그의 머릿속에는 피범벅과 부스러진 뼛조각들이 떠오를 것입니다. 그렇지만 어린아이는 이를 완전히 다르게 봅니다. 아이에게 할머니는 단지 마법에 걸린 것처럼 늑대의 뱃속으로 사라졌을 뿐입니다. 물론 그것도 아이에게는 끔찍한 일이지요. 왜냐하면 할머니가 어둠의 나라로 사라진 것이니까요. 여하튼 아이의 마음속에서 피를 흘리는 일은 없으며, 늑대는 꼼짝도 하지 않고 계속 잠을 잡니다. 그런 다음 할머니와 빨간 모자는 다시 나타납니다. 갈기갈기 찢긴 모습이 아니라 온전하고 충만한 생명의 모습으로 다시 나타납니다. 어둠의 왕국에서 빛의 왕국으로 돌아오는 것이지요. 그런 다음 그들은 늑대의 배에 돌을 넣고, 늑대가 다시 깨어날 때 눈치 채지 못하도록 꿰매어버립니다. 이러한 이미지의 특징을 안다면 공포감이나 혐오감을 갖는 대신 열정적으로 이야기를 들려줄 수 있습니다.

그렇더라도 옛이야기에는 아이들에게 불쾌한 사건들이 분명히 있습니다. 이야기 속에서 그것들은 악의 처벌이라는 다른 측면을 보여줍니다. 이 벌은 대부분의 마녀들에게 내려지며 매우 잔혹합니다.

본론에 들어가기 전에 우리가 살펴야 할 점은 못이 가득한 통에 갇힌 채 언덕에서 굴러떨어지는 벌을 받는 마녀 이야기 같은(그 이야기들은 중세시대에 기원했을 것입니다.) 몇몇 이야기들은 우리 시대에는 더 이상 들려주어서는 안 된다는 점입니다. 심지어 옛이야기에서 사용된 동화적 이미지라 하더라도, 위와 같은 처벌은 이미지의 경계를 넘어 깨어나서는 안 될 아이의 감정을 불러일으키기 때문에 인정될 수 없습니다. 그러므로 차라리 이런 벌들을 좀 더 받아들여질 만한 것으로 바꾸는 게 좋습니다. 가령, 마녀는 자신이 해치려 했던 젊은 부부에게 평생 봉사해야 한다는 식으로 말입니다.(『홀레 할머니』: 의식의 세계와 꿈의 세계"(1장), 그리고 "더 어린아이들(3, 4세)을 위한 행복한 이야기" 참조(5장))

받아들일 수 없는 이 몇 가지 이미지들을 제외하고, 우리는 옛이야기 속의 악이 특정한 한 사람의 악을 나타내는 게 아니라 일반적인 "악"을 나타낸다는 점을 기억해야 합니다. "왜 우리는 어린아이에게 옛이야기를 들려주어야 할까?"(1장)에서 우리는 옛이야기에서의 선과 악은 가장 넓은 의미에서 도덕의 경계를 뛰어넘으며, 실제로는 타락과 타락의 극복이라는 완전한 인간 발달과정에 포함된다는 사실을 확인했습니다. 따라서 옛이야기 속 악한 존재는 '못이 박힌 통'까지 가야 하는 존재가 아니라, 인류를 타락으로 이끄는 데 도움을 준 특정한 힘의 의인화라고 볼 수 있습니다. 그럼에도 불구하고 여전히 아이의 만족을 위해서는 악은 물리쳐지거나 선함으로 바뀌어야 합니다.

옛이야기에서의 벌은 종종 이미지 속에 하나의 의미를 지니고 있습니다. 예를 들어, 『헨젤과 그레텔』의 마녀를 생각해보세요. 먼저 마녀는 케이크와 사탕으로 만들어진 자신의 집으로 아이들을 유혹합니다. 그런 다음 먹을 수 있는 기분 좋은 집을 제공하지요. 하지만 결국 헨젤은 헛간에 갇히게 됩니다. 낮 동안, 우리의 혼이 몸 안에서 깨어 있을 때, 몸의 힘은 소모됩니다. 즉 혼이 몸을 "삼켜 먹어"버립니다. 만약 혼이 단순히 즐거움만을 추구한다면, 몸은 케이크와 사탕처럼 "먹힙니다." 다시 말해서, 만약 혼이 스스로 삶의 안락함이라는 유혹을 허락한다면, 혼은 좁고 엄격한 물질주의에 갇힌 자신을 발견하게 되는 것이지요. 이 이야기에서 마녀는 악의 양면성, 즉 유혹(악마)과 엄숙함(사탄)을 상징합니다. 일단 혼이 그것들에 무릎을 꿇고 나면, 혼의 힘은 여지없이 무력해집니다. 자신의 희생자(몸)에 지른 불길에 스스로가 휩싸이게 되는 것입니다. 여기서 악마(유혹)와 사탄(엄숙함)이 변하지 않으면, 결국엔 스스로의 힘에 먹히는 것이지요.

이제 앞에서 말했던 옛이야기에 대한 현대적 사고와 관련하여 짧은 이야기를 해보겠습니다.

로테르담에서 열린 『헨젤과 그레텔』의 인형극을 본 적이 있습니다. 이 공연의 주제는 '인류의 사랑'이었지요. 이 연극의 끝부분에서 헨젤과 그레텔이 아버지에게 돌아왔을 때, 엄마는 여전히 살아 있었습니다. 이 아이들에게 엄마가 없다는 게 너무나 가혹하다고 여긴 것이겠죠. 아이들은 엄마에게 자신들의 경험을 들려주었습니다. 그러면서 마녀를 오븐에 던져 넣었다고 말했지요. 그러자 너무나도 걱정이 많은 엄마가 물었습니다. "그런데 말이야, 혹시 오븐이 켜져 있었니?" 그러자 헨젤과 그레텔이 함께 "아뇨!"라고 외쳤습니다. 그러고는 "당연히 아니죠, 우린 그냥 마녀를 겁주려고 그런 척했을 뿐이에요!" "오, 잘했구나! 만약 그 랬다면 너희 둘은 아주 나쁜 아이들이 되었을 거야! 아마도 이제 마녀는 너무 무서워서 다시는 그런 짓을 하지 않을 거야!"

저는 울어야 할지, 웃어야 할지 알 수가 없었습니다.

옛이야기와 우화의 도덕에 대하여

우리는 옛이야기가 일상의 도덕적 교훈이나 선악에 대한 일반적인 용어보다 훨씬 폭넓은 바탕 위에 있음을 여러 번 확인했습니다. 어린아이들은 의지와 행동에 강하게 결속되어 살아가지만, 그들의 사고는 여전히 우주적입니다. 따라서 어린아이들은 선과 악에 대한 직접적인 질문을 이해할 수 없습니다.

우화는 일상의 도덕을 주된 동기로 삼는 이야기입니다. 우화에서는 선한 자가 악을 이기고, 지혜로운 자가 어리석은 자를 이깁니다. 이러한 승리들은 보통 재미있거나 짓궂은 방법으로 나타납니다. 우화는 특히 7~8세 아이들에게 적합합니다. 이 시기의 아이들은 드넓은 우주적 관대함, 달리 말해 "영적 기억"을 완전히 상실했고, 그래서 어린 시절의 옛이야기 세계를 모조리 잊어버렸지만, 여전히 이미지로 생각하기를 더 좋아합니다. 또한 여전히 어린아이를 사로잡고 있는 의지는 이제 적극적으로 도덕성을 찾고 의문시하는 감정과 뒤섞여 있습니다. 따라서 도덕적으로 전개되고 유머러스하게 전해지는 이야기가 이 연령층에 전적으로 적합합니다. 그러므로 그런 우화들, 특히 라 퐁텐[19]의 우화가 종종 이를 지루하고 바보 같다고 여기는 고등학생들에게만 읽히고 논의되는 건 큰 잘못입니다. 감각 세계를 추구하는 청소년들은 더 이상 어린아이 같은 혼적 삶의 관계들에 관심이 없기 때문입니다. 반면에, 2학년 아이들은 풍부한 상상과 적절한 방식으로 우화를 들려주고 토론할 때 매우 열정적입니다.

일상의 도덕은 또한 옛이야기에서 중요한 역할을 합니다. 선은 보상을 받고 악은 벌을 받습니다. 그러나 도덕을 충분히 경험하려면『홀레 할머니』에 대해 논할 때 보았던 것처럼 훨씬 더 넓은 맥락에서 봐야 합니다. 또한『잠자는 숲속의 공주』에서 왕자가 잘랐던 울타리를 떠올려 보세요. 그 울타리는 우화보다 높은 도덕적 가르침을 상징합니다.

옛이야기 속의 도덕은 때때로 일상의 도덕과는 모순된 것처럼 보일 만큼 광대합니다. 옛이야기 세계의 선과 악은 우리가 일상생활에서 알고 있는 것과는 상당히 다릅니다. 우리는 아이들에게 "도덕"을 가르치

---

19 라 퐁텐(Jean de La Fontaine, 1621-1695)은 프랑스 우화 작가이다. 그는 작품『우화집 (Fables)』으로 유명해졌으며, 이후 그의 작품은 많은 유럽 우화 작가들의 모델이 되었다.

고 싶은 좋은 부모이자 교사이기에, 아이들에게 그렇게 "부도덕한" 이야기를 들려주고 싶지 않을 수도 있습니다. 이러한 자세는 앞선 논의의 잔인함에 대한 태도를 떠오르게 합니다. 하지만 이 문제는 그것과 완전히 다릅니다. 지금부터 사례를 통해 이에 대해 분명히 밝혀보겠습니다.

러시아의 옛이야기 『바보 이반(Ivan the Fool)』[20]은 잠만 자는 지극히 게으른 젊은이에 대한 이야기입니다. 이반은 게으름에 대한 보상으로 마법의 힘을 지닌 곡괭이를 받게 되고, 이후에도 자신이 원하는 모든 것을 얻습니다. 누군가는 게으른 그에게 이렇듯 만족스러운 보상이 주어지는 상황이 아이들에게 그다지 유익하지 않다고 생각하겠지만, 자신에게 닥친 모든 일이 잘 풀려나간 이반은 결국 모든 사람을 속이고 잘생긴 왕자로 변하여 공주와 결혼합니다.

일상의 도덕은 우리로 하여금 이 이야기에 못마땅함과 혐오감을 느끼게 합니다. 하지만 어린아이는 이 이야기를 어떻게 경험할까요? 어린아이는 어른들 세계의 일상 도덕을 아직 이해하지 못하며, 여전히 더 깊은 근원에 꿈꾸듯이 연결되어 있습니다. 어린아이의 꿈꾸는 의식이 풍요로운 영적 근원에서 흘러나온 아이를 보호하고 있지 않을까요? 아이가 마음껏 꿈꾸게 할 수는 없을까요? 아이의 꿈꾸는 의식이 순수하고 생명력

---

20 톨스토이가 1886년 발표한 단편소설로 러시아의 민간 동화 '바보 이반'을 재구성해서 집필한 작품.

넘치는 물속에 사는 물고기가 받은 힘처럼 아이에게 마법의 힘을 주는 게 아닐까요? 그 마법의 힘은 곧 아이 안에 잠들어 있던 왕자가 완전히 깨어나 **높은 나**의 힘이 가득한 지상의 인간으로 우뚝 서게 해주는 그리스도의 영적 일깨움의 힘일 것입니다.

꿈의 세계에서 깨어나기 어려운 아이들에게 이 얼마나 멋진 격려이며 안도의 말입니까? 이 이야기를 들으며 아이들은 개방적이고 깊은 도덕적 희열을 경험하게 될 것이고 미래를 위한 건강한 용기를 끌어낼 것입니다.

그리고 그다음으로 '정직'이라는 덕목을 위협하고 영악함을 권하는 옛이야기가 있습니다. 이 이야기들에서 영악하거나 교활한 영웅은 항상 승리합니다. 이에 대해 도덕적 거부감을 느낄지도 모릅니다. 예를 들어, 『영리한 그레텔(Clever Grethel)』에서 그레텔은 주인을 위해 두 마리의 닭을 준비해놓고는 혼자 몰래 모두 먹어버립니다. 그런 다음 거짓말을 해서 주인이 칼을 들고 손님을 욕하며 내쫓도록 하고는 이를 즐겁게 지켜봅니다.

이 이야기들은 옛이야기보다 좀 더 우스꽝스럽게 받아들여질 수 있도록 좀 더 큰 아이들(7~9세)에게 들려주어야 합니다. 이 이야기들은 7~9세의 아이들이 지상적 삶과 대담함(뻔뻔함) 사이의 관련을 알아차리도록 도울 수 있습니다. 이 이야기들은 아직 논리적인 사고를 발달시키지 못한 옛날 사람들에게서 의식되지 않았던 대담함(뻔뻔함)을 북돋아줍니다. 따라서 비록 더 깊은 배경을 잃기는 했지만, 그것들은 여전히 중요한 역할을 합니다. 우화는 일상의 삶에서 전면에 나선 **낮은 나**[21]가 종종 새로운 것을 시도할 수 있게끔 용기를 주는 쾌활한 동기이며, 이 시기의 아이들에게 좋은 격려가 됩니다. 게다가 우화는 모든 사람이 진심으로 웃을 만한 우스개로 전달되기 때문에, 아이들의 도덕성이 손상될 위험은 없습니다. 심지어 외면적 의미에서도 그렇습니다. 사람들은 이 **낮은 나**가 개발되어야 할 때, 그리고 인간이 외적 존재에 대해 의식해야 했던 때부터 이야기들이 유래되었다고 느낍니다. 비록 이미 대부분의 의식이 깨어났기 때문에 더 이상 필요하지는 않지만, 이 이야기들은 그들의 정말 재미있는 유머를 위할 뿐만 아니라 좀 더 큰 아이들이 대담함(뻔뻔함)을 민첩하게 알아차리도록 하기 위해서도 남아 있습니다.

진정한 옛이야기는 결코 엄숙하지 않다는 사실과 도덕(morality)은 관련되어 있습니다. 엄숙함은 일상의 분위기를 초월하고 싶을 때 필요합니다. 온전히 건강한 어린아이는 아직 일상의 도덕적인 분위기에 이르지도 않았고 그것이 무엇인지도 모릅니다. 어떻게 아이가 알지 못하는 것을 뛰어넘고 싶어 할 수 있을까요? 아이는 지상의 삶을 여전히 찾고 있고 또 앞으로도 찾아야 합니다. 이것이 바로 앞 장에서 보았던 것처럼

---

21 **높은 나**와 반대되는 의미로 물리적 생명체로서 지니는 주체성이며 동물적, 본능적, 충동적인 자의식을 지니고 있다.

옛이야기가 일상적 삶 속의 사물과 존재의 이미지로 말하는 이유입니다. 옛이야기가 앞으로 다가올 아이 삶의 길잡이가 되는 반면, 엄숙함 또는 진지함은 (만약 아이가 이를 모두 이해했다면) 아이에게 쟁취한 지상의 것들을 놓고 떠나라고 요구할 것입니다. 엄숙함은 어른들의 것이지 어린아이들의 것이 아닙니다.

요컨대, 엄숙함은 옛이야기에 속하지 않습니다. 그래서 내용이 가장 깊은 옛이야기에도 엄숙함이 결여되어 있는 것입니다.

옛날에는 언급할 필요도 없었지만, 오늘날에는 빼놓아서는 안 되는 한 가지 요점이 남아 있습니다. 이것은 오늘날의 진정 조악한 이야기에 대한 경각심입니다. 옛이야기 속 "잔혹함"이나 "부도덕함"은 꺼리면서도 신문에 실린 어린이용 이야기를 어린아이들에게 읽어주는 것을 주저하지 않는 사람들이 많습니다. 『피너츠(Peanuts)』, 『도널드 덕(Donald Duck)』, 『가필드(Garfield)』 등은 우리 모두 알고 있는 것들입니다. 범죄 등과 같이 여기서 말하고 싶지 않은 모든 종류의 것들을 아이들이 즐기게끔 하는 삽화 소설류를 말하는 것이 아닙니다. 또 너무 지루해서 아이들이 읽지도 않는 설교 같은 이야기를 말하는 것도 아닙니다. 제가 말하고 싶은 것은 모든 종류의 물질주의적인 사건들이 교묘하게 잘 묘사되어 있고, 기이하게 어리석거나 영악하고 말초적인 행위들로 가득한 이야기들입니다. 아이들은 이런 이야기들에 매혹을 느끼지만, 그 이야기들은 아이의 내면을 공허하게 하며 생기를 빼앗아버립니다.

비록 살인이나 여타 범죄가 들어 있지는 않더라도 이러한 이야기들이 무죄라고 말할 수는 없습니다. 아이들은 본래부터 지니고 있던 풍요로운 영이 머물 수 있으며, 진정 위대한 내면의 삶을 표현하는 이미지에 자연스럽게 흥미를 느낍니다. 앞서 언급한 이야기들은 이것을 거부하며, 필연적으로 물질주의적이고 공허한 발달을 초래합니다. 자양분이 없는 어린 시절을 보내고 성인이 되었을 때, 그의 내면은 공허해지며 통제하거나 변화시켜야 할 것들에 무력한 채로 드넓은 세상을 맞닥뜨리게 될 것입니다. 또 인간의 이상에 대한 열정이나 지혜도 없을 것이며, 뒤이어 이 땅에서 자신의 삶을 찾고 있는 아이들의 열정을 이해할 수도 없을 것입니다. 그런 사람이 자기 자녀, 제자들, 세상을 위해 무엇을 할 수 있을까요? 그리고 우리 모두가 이 길을 따라간다면 세상은 어떻게 될까요?

물론, 세계가 맞닥뜨린 위태로움이 모두 내용이 빈약한 이야기들 때문이라고 말할 수만은 없습니다. 그러나 오늘날 우리의 문화는 물질주의와 기술적 "진보"의 길을 따르고 있습니다. 그러므로 인생의 위대한 가치를 귀하게 여기는 모든 사람이, 가능한 모든 곳에서, 특히 어린이들이 관련된 곳에서, 아이들을 지지하고 잘 발달해갈 수 있도록 더 많이 도와야 할 것입니다.

4장

옛이야기 들려주기를 위한 몇 가지 조언

이 장에서는 몇 가지 이야기를 더 살펴보며 옛이야기가 진정 말하고자 하는 것이 무엇인지 알아보겠습니다. 이 책의 궁극적인 목적은 이러저러한 많은 이야기들을 살펴보는 것이 아닙니다. 그보다는 어떻게 하면 우리가 영적인 메시지에 열린 마음으로 다가갈 수 있는지, 그리고 그 메시지를 전달받아야 할 어린아이들에게 어떻게 올바르게 전해줄 수 있는지 그 방법을 찾는 것입니다.

옛이야기의 배경지식과 관련하여, 교육자로서 우리는 결코 서두를 필요가 없습니다. 옛이야기에 깃든 의미를 아는 것은 중요하지만, 반드시 알아야만 하는 것은 아니기 때문이지요. 우리는 흔히 그 배경의 일부분만 알고서는 본래 의미와는 완전히 다르게 받아들이게 될지도 모릅니다. 배경지식을 아는 것보다 훨씬 더 중요한 것은 배경과의 연결을 느끼는 것입니다. 즉 지식이 아니라 직감을 지녀야 하는 것이지요. 더 풀어 말하자면 이야기를 들려주는 내가 이야기 속에서 살아 움직여야 한다는 뜻입니다. 그런데 옛이야기에 관한 "배경지식"은 이런 분위기를 방해하거나 망치기 십상입니다. 특히 이야기를 들려주는 주체인 '나'는 아이들에게서 멀어지고, 나와 아이들 사이에 배경지식이 끼어들게 된다면 더욱 그렇습니다. 그럴 때 이야기는 생명력을 잃고 시들어버립니다. 이게 "배경지식을 '안다'."고 말할 때의 의미입니다. 그러므로 옛이야기를 들려줄 때는 그것이 비록 영적인 의미라 하더라도 알게 된 모든 배경지식은 일단 잊어버리거나 마음 한구석에 덮어놓아야만 합니다. 그럴 때 비로소 옛이야기의 분위기에 젖어들어 자유롭게 이야기를 들려줄 수 있습니다.

"배경지식"은 이야기에 대한 더 깊은 이해로 무르익게 될 때만 화자와 청자 모두에게 유익할 수 있습니다.("이야기 해설을 삼가라."(5장) 참조)

가장 좋은 배경지식은 올바른 방법으로 우리 스스로 찾으려 할 때만 찾을 수 있습니다. 아무리 더 깊은 의미를 애써 찾으려 해도 일상의 지성을 통해서는 옛이야기 세계의 문을 열 수 없습니다. 비록 조금은 그럴 듯한 발견이나 결론에 이를 수는 있겠지만 단순하고 피상적인 특징을 넘어서서 이야기의 생생한 본질 속으로 들어가기는 어려울 것입니다.

반면에, 지적인 앎의 욕구를 내려놓고 옛이야기가 스스로 건네는 말을 들으려 노력한다면, 그 비밀이 저절로 드러날지도 모릅니다. 아주 오랜 시간이 걸리더라도 실망하지 마십시오. 존중과 사랑으로 계속 묻는다면 언젠가 우리에게 그 답이 찾아올 것입니다. 우리는 영에 관한 생명 없는 개념을 받아들이지 않을 것이고, 그러면 고요한 비밀들이 우리 내면의 놀라운 생명, 즉 아이들 마음에 전해져 계속해서 살아갈 생명을 일깨울 것입니다. 홀레 할머니의 이불에서 우리와 아이들을 위한 "눈"이 내리듯이 말입니다.

옛이야기 들려주기 자체는 매우 쉽습니다. 이야기 속 이미지가 스스로 말을 할 것이기 때문입니다. 그렇지만 가장 중요한 것은 이야기를 본래의 형태로 들려주는 것입니다. 사사로이 덧붙인 것들은 이미지를 방해할 수 있습니다. 가령 우리가 소설을 읽을 때 느끼는 감정들조차도 어린아이를 아직 준비되지 않은 어딘가로 이끌 수 있기에 드러내서는 안 됩니다. 끔찍한 죽음을 맞이한 악당을 동정하거나 인간 본성에 대해 아름다운 묘사를 덧붙이는 것은 옛이야기에 어울리지 않습니다. 옛이야기의 이미지는 그 자체만으로 생생하게 표현되어야 합니다. 이갈이를 끝낸 아이들에게는 우화처럼 좀 더 감정의 비중이 많은 이야기를 들려줄 수도 있겠습니다만, 그보다 어린아이들(만 3~6세)은 강한 감정 표현 때문에 이야기 속 이미지에서 튕겨 나갈 수도 있습니다. 그러면 어린아이는 이 단계의 발달을 건너뛰고 돌이킬 수 없는 손상을 입게 됩니다.

그렇다고 감정 표현 없이 이야기를 들려줘야 한다는 뜻은 아닙니다. 이야기는 생생한 방법으로 들려줘야 합니다. 이야기를 들려줄 때의 감정은 누구나 수긍할 만한 것이어야 하며, 그 감정은 이야기 그 자체로부터 흘러나온 이미지 특징을 온전히 지닌 것이어야 합니다. 가령 거인이 말을 하거나, 또는 거인을 묘사할 때는 낮은 목소리로 들려주어야 합니다. 그 이유는 단지 거인이 낮은 목소리를 지녔기 때문이 아니라 이를 통해 거대하고 거친 거인의 본성을 표현하기 위함입니다. 작은 새를 말할 때는 가볍고 높은 목소리가 적당합니다. 왕은 강하고 단호한 목소리가 좋습니다. 이렇듯 적절한 어울림은 우리의 목소리뿐만 아니라 몸짓에도 중요합니다. 목소리와 몸짓들은 또한 옛이야기에서 솟아 나온 것이어야 합니다. 곰을 묘사하는 몸짓에는 육중한 곰의 특징이 드러나야 합니다. 새끼 사슴은 연약하게 말해야 하고 사자는 그 반대입니다. 이렇듯 몸짓과 목소리는 일치되어야 합니다. 그럴 때 거인, 곰, 작은 새, 왕 등의 인물이나 물건이 자명하게 드러납니다. 한 가지 더 중요한 건 이러한 모든 감정의 뉘앙스들을 과하지 않도록 표현하여야 한다는 것입니다. 그래야 아이들의 상상력이 날개를 펼칠 수 있습니다. 이야기를 과장하여 들려주면, 아이들의 혼은 허약해집니다. 그렇다고 감정 없이 이야기를 들려주면, 아이는 옛이야기를 인지적으로 받아들여 이야기 속에서 빨리 깨어 나오게 됩니다. 결국 아이의 상상을 방해하고 상상의 힘을 떨어뜨리는 것입니다.

어쩌면 여러분들은 너무 많은 조언과 지시 때문에 난감할지도 모릅니다. 그러나 이야기를 들려주기 시작하면 이런 조언들도 배경지식처럼 기억 속에서 잊혀져야 합니다. 대신 아이들을 늘 마음에 두고 가슴 속 깊은 곳에서 솟아오른 방식으로 이야기한다면, 아이들과 옛이야기, 그리고 더 나아가 우리 자신에게 맞는 스타일을 꼭 찾게 될 것입니다. 우리는 결코 과거 할머니들의 세대로 되돌아갈 수 없습니다. 그럼에도 여전히 예전의 할머니들처럼 훌륭하게 이야기를 들려주고 싶다는 생각이 든다면, 그 옛날의 수많은 할머니들은 각자의 방식으로 이야기를 들려주었지만, 모두가 또한 훌륭한 이야기꾼이었다는 사실에서 위안을 찾을 수 있을 것입니다.

동물 모습의 왕자

『당나귀 왕자』(빌헬름 그림)

그림 형제[22] 중 동생인 빌헬름 그림의 『당나귀 왕자(The Donkey)』는 특히 아이를 갖고 싶었지만 그러지 못했던 왕과 왕비에 관한 생생한 이야기입니다. 사실 왕과 왕비는 나중에 아이를 갖게 되지만, 그 아이는 인간의 아이가 아니라 새끼 당나귀였습니다.

---

22 18세기 프로이센 하나우에서 태어나 19세기에 학자로 활동한 형제로 둘 다 동화 작가 겸 언어학자였다. 형은 야콥 그림(Jacob Grimm, 1785-1863), 동생은 빌헬름 그림(Wilhelm Grimm, 1786-1859)이다. 성이 그림(Grimm)이라서 '그림 형제'라고 불린다.

이야기의 도입부에서 이렇듯 슬픈 이야기를 접하게 되면 누구나 그 끝에서 기적이 일어나기를 숨죽여 기원할 것입니다. 머지않아 어린 당나귀가 가죽을 벗어던지고 멋진 왕자가 되어 나타난다는 식으로 말입니다. 물론 정말 그렇게 됩니다. 그 기적은 정말 이야기 내내 우리의 마음 안에 숨어서 빛을 비추는 신비로운 수수께끼입니다. 우리 모두 이 기적을 내면에 잠재된 가능성으로 지니고 있지 않을까요? 그리고 우리 자신이 실제로 왕자나 공주가 될 권리를 지닌 운명을 타고나지 않았을까요? "당나귀", 즉 우리 몸에 내재한 충동, 욕구, 본능 등의 저차원의 존재는 오직 영의 세계(왕족의 혈통을 지닌 세계)에서 기원한 **나**(I), 즉 우리의 잠재된 고차적 인격으로 정화될 수 있습니다. 다시 말해서 당나귀의 가죽처럼 우리를 덮고 있는 우리 안의 낮은 존재는 우리의 **높은 나**(I), 즉 우리의 진정한 인간적 존재에 의해서만 넘어설 수 있습니다. 이렇게 **높은 나**, 곧 인간적 존재는 "당나귀의 가죽"을 벗어버리고 "왕자"가 됩니다.

많은 옛이야기 속에는 나중에 진정한 자아로 다시 태어나도록 인간의 아이를 일시적으로 다른 형태로 바꿔놓는 모티브가 담겨 있습니다.『개구리 왕자(The Frog Prince)』(혹은『철의 하인리히(Iron Henry)』),『바보 이반』, 그리고『돼지치기 왕자(The Swineherd)』가 좋은 예입니다.『돼지치기 왕자』는 자신의 낮은 본능(돼지들)을 몰고 가 좋은 쪽으로 이끌어야 하는 한 남자를 묘사하고 있습니다. 그는 변장한 왕자이기도 합니다. 또 옛이야기 속에서 마주치는 거위치기는 더 높은 수준으로 올라갈 가능성을 이미 내포한 본능이나 특성들을 인도하는 혼의 상징입니다. 어쨌거나 거위는 새이고 새는 날 수 있기 때문입니다. 다른 사례들이 더 많이 있습니다. 특히 흥미로운 점은 아시시(Assisi)의 성 프란치스코[23]가 자신의 **낮은 나**인 "당나귀 형제"와 연결되고자 했다는 것입니다.[24]

다시 『당나귀 왕자』 이야기로 돌아가 보겠습니다. 왕과 왕비는 아이를 간절히 원했지만 갖지 못했습니다. 사실 결국 한 아이를 갖기는 했지만 그건 사람이 아닌 새끼 당나귀였습니다. 그 부모의 반응은 어찌 됐건, 우리는 먼저 다음과 같은 질문을 스스로에게 던질 것입니다. 갈망과 긴 기다림은 무엇을 의미하며, 왜 그들은 인간의 아이 대신에 새끼 당나귀를 갖게 된 것일까?

인간은 지상에서 몸의 형태를 갖기 훨씬 전에 신과 천사들의 생각 속에 떠올려졌습니다. 인간은 지상에 태어나기 전에 혼(soul)으로 존재했습니다. 인간이 온전히 조화로운 존재로 태어나기 위해서 몸이 되어가는 과정은 느리게 진행되어야 했습니다.

인류의 탄생을 소망한 높은 존재들(신과 천사들)은 지혜롭게 오랜 시간을 기다린 끝에 우리가 지상의 몸을 지니도록 허락했습니다. 옛이야기

---

23 성 프란치스코는 13세기 이탈리아의 그리스도교 수도자로 프란치스코 수도회를 창설하였다. 이탈리아 중부 움브리아의 아시시에서 태어났으며, 생전에 사제 서품을 받은 적은 없으나 역사적으로 유명한 종교인 가운데 한 사람이다.
24 프란치스코는 생전에 육신 안에 머물고 있는 자신의 모습을 자주 '당나귀 형제'로 표현하였는데 이는 "하느님을 향해 가는 인간은 단련과 훈련이 필요한 존재"라는 뜻이었다고 한다.

의 언어로 말하자면, 인간 아이의 탄생을 그토록 원했던 왕과 왕비는 오랜 시간을 기다려야만 했지요.

인류가 처음으로 지상에 살게 되었을 때 우리는 완전히 신에게 의지하고 있었습니다. 우리의 참된 본질인 진정한 인간이 아직 태어나지 못했던 것이지요. 우리가 신의 인도적 손길에서 벗어나 멀어지게 되고, 스스로 서게 되었을 때 비로소 진정한 인간이 모습을 드러낼 것입니다. 이는 모든 아이의 삶에서 반복됩니다. 모든 인간의 아이는 부모에 의존하지 않고 자신의 삶을 스스로 개척해나갈 때 자유로운 존재로 남을 것입니다. 이때 **나 존재(I being)**가 태어납니다. 물론 한바탕 소동 없이 그런 일이 일어날 수는 없습니다. 어느 나이가 되면 자녀는 까다로워지고 고분고분하지 않으며 무례해집니다. 부모는 화가 나서 아이를 억누르고 싶어집니다. 하지만 부모는 자녀들이 이러한 갈등을 통해서만 독립성을 발달시킬 수 있다는 사실을 잊습니다. 아이들이 의식적인 인간세계에 들어가려면 이 발달 단계에서 부모에게 "죄(불복종)"를 지어야 합니다. 현명한 부모는 이러한 말썽을 억누르지 않고 독립이라는 올바른 목표를 향해 아이를 이끌어줍니다. 일단 그 목표에 도달하면 대개 문제는 멈춥니다. 목표에 이르기 위해 "죄(불복종)"가 필요했던 것입니다.

넓은 맥락에서 보면 인류는 "불복종" 없이 신에게서 독립할 수 없습니다. 타락이 필요합니다. 스스로 서기 위해 인류는 일시적으로 불복종의 길을 따라야 했습니다. 그러나 타락과 함께 세상에 악이 들어섰고 인류는 모든 나쁜 특성에 얽매이게 되었습니다. 이 이야기(『당나귀 왕자』)에 빗대어 말하면 인류는 타락을 통해 "당나귀"가 된 것입니다. 그러나 그것은 진정한 탄생이라는 독립의 시작일 뿐입니다.

따라서 이 이야기의 도입부에서 우리는 실제로 왕과 왕비가 아이를 원했음을, 달리 말해 고차적 존재들(왕과 왕비)이 지상의 인류 탄생을 오랫동안 기다려야 했음을 알 수 있습니다. 그리고 마침내 아이가 태어났을 때(즉 인류가 지상에서 독립적인 존재가 되었을 때), 그것은 아이가 아니라 "새끼 당나귀"였습니다. 인류는 처음에는 죄 많은 존재("당나귀")로 독립했고, 그런 다음 자신을 의식했고 스스로 섰으며 진정으로 지상에 태어난 것입니다.

계속해서 이 이야기는 왕비가 아이를 원하지 않았다고 말합니다. "새끼 당나귀를 키우느니 차라리 아이를 갖지 않는 게 나아요. 물에 빠뜨려 죽여요!" 그러나 왕은 "안 돼! 당나귀라도 여전히 우리 아들이고 언젠가는 왕이 되어 내 왕좌에 앉을 테니까."라고 말합니다.

이 말은 두 가지 다른 신념을 드러냅니다. 일상의 삶에서 우리는 그 신념들을 다음과 같이 나눌 수 있습니다. 자녀나 학생들에게 불복종이나 무례함을 허용하지 않는 우리 안의 신념은 자녀들이 언제나 순수한 모습으로 남아 있기를 바랍니다. 그 신념은 "당나귀의 형상(donkey form)"을 거부합니다. 그 신념은 이야기 속의 여왕처럼 "당나귀를 물에 빠뜨려 죽이고" 싶어 합니다.

반면, 왕은 "당나귀"의 모습에서 진정한 인간을 발견하는 우리 안의 신념을 나타냅니다. 진정한 인간이란, 즉 자유롭고 독립적인 사람으로 발달할 수 있으며, 스스로를 다스리는 왕좌에 오르고 싶어 하는 인간입니다. 넓은 의미에서 왕비는 인류의 타락을 인정하지 않고 인류를 타락 이전처럼 순수하게 지켜내어 자유로운 인간으로 발달할 가능성을 박탈하려는 영적 힘을 나타냅니다. 왕은 인류가 영적 세계로부터 자유를 발견하고 지상에서 위대한 과업을 자유로이 완수할 수 있는 유일한 가능성으로서 "당나귀"적 존재, 즉 타락을 인정하는 힘을 대표합니다.

후자를 진리로 받아들인다면 왜 신이 인간의 타락을 허락했는지 더 이해하기 쉬워질 것입니다. 우리는 타락 이전의 상태로 돌아가고 싶은 우리 안의 신념이 이 위대한 세상의 드라마를 되돌리고 싶어 한다고 느낄지도 모릅니다. 그 세상의 드라마란 표면적으로는 영적 세계의 의지에 맞서는 듯 보이는 놀라운 이상(理想)이지요. 하지만 그럴 리가 없습니다. 이 추구가 진실로 영(Spirit—신)이 원하는 것이라면 타락의 결과는 미래에 좋음(善)으로 변화되어야 함을 우리는 인식할 수 있을 것입니다. 좋음(善)은 다른 게 아니라 타락이 신이 바라는 인류의 독립으로 탈바꿈하는 것입니다.

여기 또 다른 예가 있습니다. 동양, 특히 인도에서는 오래전부터 영계의 특정 영역과의 연결을 유지해왔고 지금도 그렇습니다. 서양에서는 타락에 이은 물질주의를 거치며 그 연결을 잃어버렸습니다. 서양의 많은 사람들이 이러한 상실을 알고 있지만 이에 대한 태도는 두 부류로 나뉘었습니다. 영적인 상실을 참지 못하는 사람들은 서구 문화의 외면화를 받아들이지 못합니다. 즉 당나귀를 익사시키고 싶어 하는 것이지요. 그들은 "여전히 타락 이전의 영적인 흔적을 찾을 수 있는 동방으로 되돌아가야 한다!"고 말합니다. 또 다른 부류는 이렇게 말합니다. "우리는 서구 문명이 영의 세계에서 얼마나 멀리 떨어져 있는지 알고 인정한다. 그러나 동방으로 되돌아가 서구의 외면화를 되돌리기를 바라는 대신에 차라리 다시 한 번 더 영적인 세계를 열어갈 것이다. 비록 서구화가 우리의 마음을 편협하게 만들었다 할지라도 우리는 삶과 지식이 우리에게 준 자유와 독립을 지키고 더 발달시키고 싶다." 이 부류는 서구 문화가 당나귀라 할지라도 그 안에 언젠가 왕위에 오를 왕자가 숨겨져 있다고 말합니다.

영학은 후자의 주장을 받아들입니다. 이야기는 계속되고 어린 당나귀는 건강하게 성장합니다. "그의 귀가 곧고 길게 자랐어요!" 그는 진짜 당나귀였습니다! 하지만 당나귀는 그만큼 잘 들을 수 있었습니다. 음악을 좋아하게 된 당나귀는 아버지에게 류트(lute)[25]를 가르쳐달라고 합니다. 그래서 왕은 당나귀를 훌륭한 음악가에게 데려가지만, 당나귀는 결

---

25 16~18세기에 유럽에서 널리 유행했던 기타와 유사한 발현악기(撥絃樂器).

국 이런 말을 듣습니다. "이보게, 자네는 결코 이 기술을 배우지 못할 것이네! 자네의 손가락이 너무 뭉툭해서 류트의 줄을 망가뜨리게 될 거야!"

그래도 어린 당나귀는 실망하지 않고 어떻게 해서든 배우고 싶어 합니다. 그는 연습을 되풀이하여 마침내 류트 연주에 통달하게 됩니다.

신체적 조건이 허락하지 않는데도 무언가를 배우고 싶어 하는 건 어린 당나귀가 순수한 인간의 천성을 지니고 있음을 보여주는 것입니다. 어떤 동물도 육체적으로 불가능한 것을 배우고 싶어 하지도 않고 또 배울 수도 없으니까요. 소는 사냥하는 법을 배우지 않을 것이고 사자가 초원에서 풀을 뜯는 일도 결코 없을 것입니다. 그러나 땅을 밟고 뛰는 데 어울리는 발굽을 지닌 이 어린 당나귀는 류트 연주를 배우고 싶어 합니다! 우리는 이 어린 당나귀 속에 인간의 혼이 숨겨져 있음을 느끼기 시작합니다. 발성 기관의 결함으로 어렸을 때 말을 더듬었던 위대한 그리스 웅변가 데모스테네스(Demosthenes)를 생각해보십시오. 그는 매일 입에 돌멩이를 가득 채우고 언덕으로 올라갔습니다. 그러고는 그곳에서 마침내 바람의 소리를 말로 표현하고 목소리를 조절하는 방법을 터득할 때까지 연습했습니다.

어린 당나귀도 음악가의 말을 거역하고 똑같이 합니다. 이 음악가는 자녀에게 재능이 있을 때만, 그리고 나중에 돈을 벌 수 있는 것만 가르치는 사람들을 상징합니다. 재능도 없는 데다가, 더구나 살아가면서 필요하지도 않은 것을 도대체 왜 배워야 할까요? 적어도 이런 태도는 겉으로는 매우 실용적인 접근 방식입니다. 그러나 이는 또한 아이가 지닌 인간성의 한 부분을 박탈합니다. 인간은 지상에서 삶이 지속되는 한 모든 영역에서 성장할 수 있는 유일한 존재입니다. 이런 꾸준한 노력의 결과가 어떤 분야에서는 거의 빛을 보지 못할 수도 있지만, 더 먼 미래에, 심지어 다음 생에라도 이 노력들이 꽃을 피우고 진정한 인간으로 만들어 줄 수 있습니다. 이 마지막 관점은 특히 능력상의 한계가 있거나 특별한 도움이 필요한 아이에게 절대적으로 중요합니다.

인간은 모든 가능성의 씨앗을 지니고 있습니다. 그 씨앗이 인간을 인간답게 합니다. 궁극의 과업은 이러한 모든 가능성을 조화롭게 발전시켜 진정한 인간이 되는 것입니다. 이 목적을 잃어버리고 "자기 멋대로" 발달하도록 허용한다면, 우리 아이들은 인간이라기보다 제한되고 편협한 동물처럼 자라날 것입니다. 동물은 "최고의 전문가"입니다. 그러나 발굽이 있는 동물들은 땅 위를 달리는 데는 최고이지만 산 위를 오르거나 기어 다닐 수는 없습니다. 비버는 집을 지을 수 있지만 자신을 방어할 수는 없습니다. 특화된 능력은 우리를 이상적인 인간에 더 가깝게 만드는 것이 아닙니다. 많은 사람들은 전문성이 향상된다는 사실을 자랑스럽게 생각합니다. 그러나 현시대의 추상적이고 극단적인 방식은 실제로 동물계에 속하고자 하는 열망을 갖도록 부추겨서 우리를 엇나가게 합니다.

지상의 일들이 분화되어야 한다는 사실은 말할 필요도 없습니다. 다양한 분야에서 개인의 재능과 전문적인 능력은 중요합니다. 그 안에서 우리는 올바른 사회적, 인간적 균형을 찾아야 합니다.

그렇다고 아이의 발달에 있어서 극단적인 균형을 추구해서도 안 됩니다. 우리는 아이가 할 수 있는 것과 할 수 없는 것을 고려해야 합니다. 아이가 할 수 없는 것을 가르치면 자신감을 잃고 아무것도 할 수 없게 됩니다. 인류는 타고난 능력으로 지구에서 수행해야 할 특별한 과업이 있습니다.

이 이야기에서 작은 당나귀는 투박한 발굽을 지니고도 새로운 기술을 습득하여 타고난 동물의 특성을 용감하게 돌파합니다. 그는 과거와 운명의 속박에서 벗어나 미래를 향한 새로운 가능성을 발견합니다. 이것은 동물성이 아닌 인간성에 속한 것입니다. 어린 당나귀는 발굽이라는 장애를 무릅쓰고 류트를 연주하고 싶은 욕구로써 인간이 되고자 하는 자신의 무의식적 욕망을 표현합니다. 이렇게 그는 나중에 인간이라는 존재의 문(새로운 성)을 두드릴 수 있습니다. 그는 스스로를 당나귀를 닮은 인간으로 여길 용기를 지닌 사람들이 모방할 만한 하나의 모델입니다.

이제 작은 당나귀는 류트를 연주하는 법을 알았기에 생각에 잠겨 숲속을 산책합니다. 성장의 단계를 거친 사람은 생각이 깊어지고 내면화의 시기를 겪습니다. 그러나 실제로 이 단계에 도달하는 사람은 거의 없습니다. 대부분의 사람들은 혼자 있는 것을 피합니다. 사람들은 주의를 산만하게 만드는 재미와 오락을 찾고 내면을 향한 시선을 다른 곳으로 돌려버립니다. 그들은 무의식 속에서 자신의 혼을 들여다보게 되면 힘든 일들이 발견될 것으로 생각합니다. 그러나 내면의 성장을 바라는 이들에게는 고요한 성찰이 필요합니다.

이 말은 곧 자신의 결점에 불만을 갖거나 장점에 자만하면서 혼 속으로 침잠하는 것을 의미하는 것이 아닙니다. 그것은 타락을 경험한 인류의 일원으로서 인간이 된다는 것이 무엇인지에 대한 의식을 개발하는 것을 의미합니다. 우리는 인간이 된다는 것의 가능성과 의무를 경험함으로써 이러한 의식을 발달시켜야 합니다. 우리는 다른 사람들과 어떻게 살아야 하는지, 어떻게 일을 해야 하는지, 지상의 삶이라는 어둠에 빛을 비추기 위해 어떻게 스스로를 교육해야 하는지 자문합니다.

그렇게 우리는 인생의 "어두운 시련"의 한가운데에 있으면서 발달의 길을 기꺼이 따라가는 사람들입니다. 그러면서 우리는 "어두운 숲"에서 "차분히 생각했던" 작은 당나귀처럼 이따금 멈추어 생각에 잠기고자 합니다.

작은 당나귀는 이제 연못에 도착합니다. 물을 마시기 위해 몸을 굽힌 그는 물에 비친 자신의 모습을 봅니다. 처음으로 그는 자신이 당나귀임을 알게 됩니다. 얼마나 끔찍한 발견일까요! 그는 더 이상 집에 머물기 싫어 세상으로 나갑니다. 위에서 설명한 길을 따르고 싶은 사람은 언젠가는 끔찍한 발견을 해야 합니다. 그는 끔찍한 괴물, 즉 이상적인 인간상에서 벗어난 자신의 비참한 인간 혼을 밝혀내고 맞서야 합니다. 이 모습에 맞서려면 엄청난 용기가 필요합니다. 우리가 이를 견뎌낸다면 문턱을 넘어 영적 세계의 특정 영역으로 들어가는 입구를 찾을 것입니다.

어쩌면 우리는 옛이야기에서 그 문턱을 더 가벼운 버전으로 인식할 수 있습니다. 어린 당나귀는 못생긴 동물을 보고 자신을 보고 있음을 깨닫습니다. 이 때문에 그는 너무 실망하여 아직 밝혀지지는 않았지만 아마도 수호천사일 수도 있고, 치유자인 대천사 라파엘일 수도 있는 한 명의 동반자와 함께 아버지의 집을 떠나게 됩니다.

운 좋게도 그는 이제 새로운 성(castle)을 발견합니다. "문턱을 지나" 우리는 "아버지 세계"(타고난 삶)에서 벗어나 훨씬 더 많은 독립성과 책임을 요구하는 삶에 이르게 됩니다. 그리고 그곳에서 언젠가 새로운 왕이 될 아들(그리스도)을 찾을 것입니다.

새 성에는 아름다운 딸 하나를 둔 왕이 살고 있습니다. 여기가 우리의 목표입니다! 옛이야기의 세계에서 "왕의 아름다운 딸"은 순수한 혼을 나타냅니다. 이 왕의 딸에게서 어린 당나귀의 미래, 즉 혼을 정화하고자 하는, 당나귀를 닮은 인간의 앞날을 엿볼 수 있습니다. 인류는 이 미래를 위해 노력합니다. 다시 말해 어린 당나귀는 공주에게 가고 싶어 합니다. 성의 왕은 공주의 아버지, 즉 어린 당나귀의 미래를 수호하는 자이며, 스스로를 정화하려고 애쓰는 모든 당나귀를 닮은 인간, 즉 그리스도의 조력자입니다. 성경에서는 인류의 미래인 새 성을 새 예루살렘이라고 합니다. 어렸을 때 아버지 품에 안겨 있었으며, "아버지의 세상"을 떠나야 했던 작은 당나귀가 이제 인류의 미래를 위한 수호자이며, 아픈 혼의 치유자인 아들의 세상에 다다르게 됩니다.

어린 당나귀는 인류가 나아갈 미래의 문을 두드립니다. 그는 과거에 지니고 있던 힘인 자신의 발굽으로 두드립니다. 아무도 듣지 못합니다. 곧이어 자그마한 한 사람이 류트를 연주하기 시작합니다. 이 작은 사람은 새로 배운 능력을 사용하고 이제 그 소리가 들리게 됩니다. 단지 소원일 뿐 낡은 힘으로부터 기인한 기도는 영의 세계에 전해지지 않습니다. 그러나 선한 것, 새로운 것에 대한 의지도 담겨 있다면 그것엔 창조적인 힘이 있으며, 하늘을 울리는 음악처럼 들립니다. 이 기도는 영계의 답을 듣습니다. 미래의 영역으로 가는 문이 열리는 것이지요.

성안 어딘가에 작은 당나귀가 하인과 함께 있습니다. "아니요. 제가 있을 곳은 여기가 아닙니다. 나는 왕족입니다." 작은 당나귀는 자신의 낮은 본능을 지배해야 하는 **높은 나**가 깨어나고 있음을 느낍니다. 그는 더 이상 이러한 본능들의 노예로 남아 있기를 원하지 않습니다. 그는 이후에 병사들 사이에 모습을 드러냅니다. 그곳은 좋은 자리지만 오히려 자신을 "왕"처럼 느끼며 왕 옆에 앉고 싶어 합니다. 왕은 너그럽게 웃으며 "작은 당나귀가 내 옆으로 오도록 하라!"고 말합니다. 그리스도는 이렇게 말했습니다. "아이들이 내게로 오도록 하라, 성장의 길 위에서 자만하지 않으며 아이들처럼 신이 부여한 자아를 찾는 이들이 내게 오도록 하라. 그들이 미래이기 때문이다."

그때 왕은 당나귀에게 "내 딸과 결혼하겠느냐?"고 묻습니다. 당나귀는 돌아서며(이제 당나귀는 미래를 향해야 합니다.) "왕이시여, 당신의 딸과 결혼하고 싶습니다."라고 말합니다. 당나귀는 자신의 미래를 받아들이고 싶어 합니다. 공주는 이제 그의 옆에 앉을 수 있습니다. 당나귀는 한동안 성에서 행복하게 살게 됩니다. 그러나 결국 모든 것을 지녔음에도 자신이 당나귀로 남아 있음을 깨닫습니다. 이 때문에 너무 실망스러워 그곳을 떠나 집으로 돌아가고 싶어 합니다. 옳은 길을 찾았다고 해서 곧바로 성장이 이루어지지는 않습니다. 그래서 우리는 종종 용기를 잃게 되고 포기하고 싶어집니다. 그러나 왕 그리스도는 당나귀를 붙잡고 이렇게 말합니다. "여기 있는 모든 사람이 너를 사랑하고 있다! 너의 정진하는 혼은 이미 미래의 왕국에 있다."

그러나 그 후에 왕은 당나귀를 시험합니다. "금과 은을 마음껏 갖고 싶으냐?" "아니요, 집에 금은보석이 충분히 있습니다." 이 말은 곧, "저는 어린 시절에 나의 황금빛 영의 세계인 아버지 나라와 연결되어 있었습니다. 그렇지만 그것이 아무리 아름다워도 저는 그 옛날 왕국으로 돌아가고 싶지 않습니다. 저는 미래로 가고 싶습니다!"라는 뜻입니다. "내 왕국의 절반을 다스리기를 원하느냐?" "아니요, 편안하게 왕국 전체를 물려받을 것입니다!" 언젠가 잃어버린 아버지의 땅은 다시 제 것이 될 것입니다. 절반뿐인 미래는 저의 것이 아닙니다!" "그럼 내 딸을 아내로 삼고 싶은가?" 당나귀가 "히이 힝~"이라고 소리칩니다. 맞습니다. 정확히 그가 갖고 싶었던 것입니다. 그의 소원은 그의 미래와 연결되어 있습니다. "좋아!" 사랑하는 당나귀의 숨겨진 본질을 볼 수 있는 왕이 말했습니다. "그러면 그렇게 될 것이다."

결혼식이 빠르게 준비됩니다. 왕(그리스도)은 이 정진하는 혼을 미래와 연결합니다.

결혼식이 끝난 후 왕은 당나귀가 어떻게 행동하는지 알고 싶어 하인을 시켜 염탐합니다. 하인은 당나귀가 잠들기 직전에 가죽을 벗어버리고 멋진 왕자가 되는 것을 봅니다. 우리가 잠들 때 혼은 일상의 걱정거리(당나귀 가죽)를 벗어버립니다. 그런 다음 비교적 순수한 상태로 "침실"(밤의 왕국)에 들어갈 수 있습니다. 왕은 이 말을 듣고 처음에는 믿지 않으려 했습니다. 왕 그리스도는 이 지점에서 평범한 인간이 됩니다. 이상한 일이지요. 당나귀 내면의 순수한 본질을 본 그리스도는 이것이 사실이라고 믿고 싶지 않습니다. 그는 이제 그것을 "평범한 관점에서" 바라보고 있습니다.

우리는 이에 대해 너무 깊이 파고들어서는 안 됩니다. 옛이야기는 오랜 세월 입에서 입으로 전해져 원래의 성격을 많이 잃었습니다. 루돌프 슈타이너는 또한 더 중요한 것(더 깊은 내용이 있는 것)과 덜 중요한 것을 구별하라고 말합니다. 저는 이 사건을 더 깊은 의미는 없는 재미있는 심리 게임으로 간주해야 한다고 믿습니다. 그러나 이상한 일이 발생합니다. 다음날 아침 행복한 당나귀를 본 왕은 딸에게 당나귀와 결혼을 해서 더 불행해진 건 아닌지 묻습니다. 그리고 공주가 그렇지 않다고 말하자 매우 놀랍니다. 한번 떠올려보세요. 사사로운 동정심으로 딸을 짐승 같은 남자와 결혼시키고는 딸이 불행하지 않다는 말에 놀란 아버지라니요!

이 사건들에는 왕을 그리스도처럼 보아서는 안 된다는 사실 외에 우리가 앞에서 언급했던 다른 것이 또 있습니다. 이 이야기들은 어른의 감정 세계와는 무관합니다. 옛이야기는 꿈꾸는 삶과 의지의 삶을 통해 유아기의 세계에 호소합니다. 우리는 이것을 어디에서나 볼 수 있습니다. 현대적 옛이야기의 가장 큰 결점 중 하나는 어린아이들을 위한 이야기임에도 좀 더 큰 아이들과 어른들의 감정에 호소한다는 것입니다. 진정한 옛이야기는 감정이 아닌 이미지로 우리에게 말합니다.

다른 예를 살펴보겠습니다. 숲속에 늑대가 있다는 걸 알면서도 어떤 어머니가 밤중에 숲으로 들어가려는 어린 딸을 내버려 두겠습니까? 그런데 빨간 모자의 어머니는 그렇게 합니다. 하지만 어떤 어린아이도 그것을 이상하게 생각하지 않습니다. 어린아이는 단지 어둠 속으로 들어가야만 하는 혼적 이미지를 경험할 뿐입니다.

　이 이야기에서도 마찬가지입니다. 다른 맥락에서 보면 끔찍할 것 같은 왕의 행동이 이 이야기에서는 지극히 정상입니다. 이미지는 어떤 실제적인 감정과 결부되지 않고 하나씩 스쳐 지나갑니다. 결국 신하는 왕에게 직접 보라고 조언합니다. 왕은 밤에 침실로 들어가 당나귀 가죽을 가져갑니다. 이 사건은 비록 매우 인간적인 행위임에도 불구하고 그리스도적 특징을 왕에게 되돌려줍니다. 그리스도는 또한 "밤도둑"처럼 조용히 우리에게 옵니다. 놀라운 일이지만 사실입니다. 오늘날 우리가 거창한 말로 그리스도에 대해 말하거나, 또는 그림이나 동상을 만들어 그리스도와 연결될 수 있다고 믿을 때 실제로는 가장 멀리 떨어져 있는 것입니다. 우리가 내면을 돌아볼 때, 또는 밤의 영적인 영역에 들어갈 때가, 그리스도가 눈에 띄지 않게 "들어올" 수 있는 고요한 순간입니다. 비록 일어난 일을 다음날 기억하지 못하더라도 누구에게나 있을 수 있는 일입니다. 발달 수준이 높은 사람들은 다른 사람들보다 이러한 선물을 더 의식적으로 받을 수 있습니다. 괴테는 때때로 밤에 선물 같은 생각이나 시와 함께 잠에서 깨어나곤 했었습니다. 그는 그것을 잃어버리지 않기 위해 그 즉시 써 내려갔고, 이 밤의 "선물"을 매우 소중히 여겼습니다.

　낮에 이러한 영적인 영감을 의식할 수 있다면 더욱 높은 발달이 이루어진 것입니다. 마침내 인간은 다른 사람들을 위해 영적 세계의 종복이자 대리인이 되는 방식으로 자신을 열어나갈 수 있습니다. 모세가 그런 사람이었습니다. 그러나 이러한 수준으로의 성장에는 큰 책임이 따릅니다. 모세의 백성은 그에게 의지했고, 신의 말씀을 의심하자 엄한 벌을 받기도 했습니다. 아직 준비되지 않은 우리는 책임을 미룹니다. 이는 옛이야기에서도 나타납니다. 왕자는 낮에는 당나귀 가죽을 입는 것에 익숙했습니다. 다시 말해 그는 큰 책임을 지니지 않은 "평범한" 당나귀인(donkey person)일 수 있습니다. 그런데 갑자기 가죽이 벗겨졌고 왕은 그것을 불태웠습니다. 이제 왕자는 낮에도 "왕자"가 되어야 했고, 인류를 위한 빛나는 영의 대표자여야 했습니다. 이것은 그에게 너무 벅찬 일이었고, 그래서 아버지의 집으로 돌아가고 싶었습니다. 그는 발달과정에서 다시 과거로 돌아가고 싶었습니다. 다시 한 번 그리스도의 역할을 맡은 왕은 그를 잠시 붙잡아두고 미래에 맡아야 할 과제를 완수하도록 용기를 일깨웁니다.

나사로(Lazarus)의 부활[26]을 생각해보십시오. 그리스도가 영계에 연결되어 죽음에 이르던 나사로를 깨운 것처럼, 왕은 왕자를 밤의 영적 체험으로부터 낮의 의식으로 불러들입니다. 당나귀 가죽을 태움으로써 왕은 왕자가 낮에도 역시 왕자가 되도록 만듭니다. 왕은 왕자를 빛나는 영적 존재가 되도록 합니다.

---

26 요한복음에는 예수 그리스도의 일곱 가지 기적이 소개되어 있는데, 나사로의 부활은 이 중 마지막 기적으로, 죽었던 나사로를 예수가 다시 살려내었다.

이 이야기는 왕자가 왕이 되어 자신 아버지의 왕국과 공주 아버지의 왕국, 모두를 다스릴 때 끝납니다. 인간은 현재를 지배하는 세계에서 완전히 의식적인 영적 종복으로서 과거와 미래의 두 세계에 서 있습니다.

이처럼 이 이야기는 타락에서 최후의 승리, 곧 "치유"의 땅인 새 예루살렘에 이르기까지의 많은 시련과 경험을 통해 인류가 영적으로 발달해가는 길을 보여줍니다.

『개구리 왕자』 또는 『철의 하인리히』(야콥 그림)

이제 『당나귀 왕자』를 『개구리 왕자』 또는 『철의 하인리히』라 불리는 옛이야기와 비교해보겠습니다. 이 두 이야기의 가장 두드러진 차이점은 이야기의 길이입니다. 『개구리 왕자』는 『당나귀 왕자』에 비해 짧고 강한 인상을 줍니다. 이 차이는 어쩌면 야콥 그림과 빌헬름 그림의 다른 스타일 때문일 수 있습니다. 하지만 두 주인공의 상반된 기질도 한몫합니다. 개구리는 공주에게 혐오감을 불러일으키는 점액질의 존재입니다. 나중에 공주는 그를 던져버리지요. 당나귀는 내면의 많은 어둠을 헤쳐나가야 하는 우울질의 존재이며, 이야기 속에서도 그 과정은 꽤 오랜 시간을 요구합니다.

이러한 차이점 말고도 닮은 점도 있습니다. 두 이야기 모두 동물로 변한 왕자가 등장합니다. 지금부터 이 이야기들을 살펴보겠습니다.

이전 옛이야기들에서 영웅처럼 공주를 구하기도 하고, 때로는 꿈꾸는 공주를 깨어나게 하는 왕자에 대해 살펴보았습니다. 그 왕자는 우리 안의 또 다른 왕자, 모두가 내면에 지니고 있지만 쉽게 그 모습을 드러내지 않는 왕자를 나타냅니다. 이것은 우리의 더 높은 영적 기원, 우리의 **높은 나**(I)입니다. 이 고차 존재는 아직 우리의 낮은 존재를 다스릴 준비가 되어 있지 않습니다. 아직 왕이 아니라 왕자입니다. 하지만 왕자가 공주를 구하고 왕이 되도록 운명지어진 옛이야기들에서처럼 우리 내면의 왕자는 우리 내면의 공주(감정과 열망을 지닌 혼)를 깨우고 속박에서 구해내어 우리의 왕국으로 데려가야 합니다. 여기서 그들은 왕과 왕비가 되겠지요. 다시 말해, 그들은 자신의 영적 본성을 다스리고 그들을 둘러싼 지상의 발달에 협력할 것입니다.

왕자는 왜 동물의 모습으로 나타날까요?

우리 모두는 가장 위대한 사람들이 때로는 가장 괴팍한 사람일 수도 있음을 경험을 통해서 알고 있습니다. 그들은 훌륭한 자질과 가능성을 지녔지만, 그들 안의 **높은 나**(I)는 아직 스스로를 다스리고 이끌 준비가 되지 않았습니다. 그래서 종종 제대로 통제되지 않은 특성들을 지닌 그들의 몸이 이 낯선 (적어도 그 특성들에게만은) 지상 세계에서 갈 길을 제대로 찾지 못하는 것입니다. 그 결과 발생한 극심한 스트레스는 또한 온갖 종류의 과도한 행동들로 나타나게 됩니다. 따라서 긍정적인 특성이나 가치 있는 덕은 물질 세계에서는 심각한 불균형이나 극심한 악이 될 수도 있습니다. 타고난 지도자는 자신의 힘을 통제하기 전에는 폭군처럼 보일 수 있습니다. 잠재적으로 위대한 예술가는 자신의 감정을 지나치게 쏟아낼 수 있습니다. 네덜란드인들은 "위대한 영을 지닌 사람은 더 큰 야만성을 지니고 있다.(Hoe groter geest, hoe groter beest.)"라고 말합니다. 어느 날, 루돌프 슈타이너와 함께 길을 가던 일행들이 주정뱅이를 마주치고는 혐오스럽게 쳐다보았다고 합니다. 그렇지만 슈타이너는 이 남자가 여기 있는 이들 중 가장 큰 성격적 특성을 지녔다고 말합니다. 또 20세기 초의 심리학 교수인 코넬리스 윙클러(Cornelis Winkler)는 사석에서 저에게 이렇게 말한 적이 있습니다. "만약 교수가 되지 않았다면 나는 범죄자가 되었을지도 모릅니다."

이것 말고도 더 많은 사례들이 있습니다.

물론 이 말들은 어느 정도만 맞겠지요. 그러나 정말로 더 높은 단계로 발달할 수 있는 사람은 낮은 존재들의 강력하고 균형 잡힌 지도자가 될 수 있습니다. 이 이야기에서도 왕자는 당나귀 가죽을 벗어버리고 왕이 됩니다.

미카엘의 조각상을 보면 불균형한 우리의 혼적 삶에 특별한 빛이 비칩니다. 미카엘은 검의 천사일 뿐만 아니라 천칭의 천사이기도 합니다. 미카엘은 우리에게 싸우는 방법을 가르치면서 동시에 우리 혼의 상태를 확인하라고 말합니다. 무엇보다도 우리는 인생에서 정말로 중요한 것이 무엇인지 가려보는 방법을 배워야 합니다.

미카엘이 삶에서 중요한 것이 무엇인지 가려보는 방법을 가르쳐주지 않는다면 우리는 겉으로 중요해 보이는 다른 것들에 사로잡혀 진실로 가치 있는 것들을 알아차리지 못하게 됩니다. 한때 훌륭한 바이올리니스트가 될 운명을 타고난 청년이 있었습니다. 그 청년은 야심만만하고 자기중심적이었지만 사고로 손가락을 잃고 나서 꿈을 포기해야만 했습니다. 결국 그 청년은 교습을 통해서 먹고살 수밖에 없었습니다. 그의 삶 내내 주변의 많은 이들이 그를 안쓰럽게 여겼지만, 어떤 이들은 그가 유명한 바이올리니스트라는 허영에 사로잡힌 것 같다고 수군대기도 했습니다. 그러나 그는 조금씩 다른 사람들에게 관심을 돌렸고, 마음속에 씨앗처럼 잠들어 있던 인간에 대한 사랑이 싹트기 시작했습니다. 많은 사람들은 그 청년을 에워싼 화려함을 볼 뿐 그 속에서 깨어나는 사랑의 씨앗을 보지는 못했습니다.

미카엘은 또한 우리 안에 잠들어 있는 가능성과 자질을 조화롭게 개발하도록 가르칩니다. 작은 물건의 무게를 잴 때 우리는 작은 저울추를 사용합니다. 이때는 쉽게 균형을 잡을 수 있습니다. 한쪽으로 기울어지면 금방 되돌릴 수 있으니까요. 그렇지만 큰 추로 무거운 물선을 달면 균형을 잡는 게 어렵습니다. 힘도 더 많이 들고 자칫 중심을 잃어버리면 저울이 한쪽으로 크게 기울지요. 사람의 경우도 마찬가지입니다. 큰 인물로 발달할 가능성이 적은 사람은 오히려 정직한 시민이 되는 게 어렵지 않을 것입니다.

그러나 불행한 운명을 갖고 태어나 크게 흔들릴 가능성이 있는 사람은 진정 조화로운 삶을 사는 것이 큰 과제가 될 것입니다. 그런 사람은 저울의 한쪽은 높이 솟고 다른 쪽은 푹 꺼지듯이 삶의 균형이 완전히 무너지는 갈등과 괴로움을 겪게 될 것입니다.

그렇게 커다란 혼의 힘을 지닌 사람은 눈부시게 위대한 것을 이루어내면서도 동시에 비열하고 천박한 일을 할 수도 있습니다. 평범한 사람들은 이를 보고 놀랍니다. 평범한 이들은 비범한 이들의 행위를 비난하지만, 자신들이 제한된 능력을 지닌 탓에 삶의 균형을 유지할 수 있다는 사실은 알지 못합니다. 비범한 힘을 지닌 사람들은 미카엘의 가르침에 따라 자신의 혼을 성찰하고 인류 발달의 지도자로 성장할 수 있습니다. 하지만 우리도 역시 영적으로 스스로를 교육한다면 인류 발달의 지도자가 될 수 있습니다.

이제부터는 다른 유형의 사람과 그 사람의 특성들에 대해 살펴보려고 합니다. 그러려면 먼저 당나귀와 개구리의 본질에 대해 살펴보아야 합니다.

우리는 당나귀가 고집이 세다는 사실을 알고 있습니다. 그러나 동방에서는(예컨대 이스라엘) 인간에게 없어서는 안 될 친구로도 여겨집니다.

당나귀는 품성이 너그럽고 기꺼이 다른 이를 돕고자 하는 의지를 지니고 있어 종종 "짐승 중의 크리스천(Christian)"이라고 불립니다. 당나귀의 끈기는 "긍정적인 고집"으로 불립니다. 또 앞서 말했듯이 눈에 띄는 당나귀의 특성은 우울질적인 기질입니다. 당나귀가 우는 소리를 들으면 세상의 모든 슬픔이 그 안에 흐르는 것 같습니다. 격정적으로 흐느끼는 소리가 그의 몸 전체를 흔드는데, '히이잉' 하며 울부짖는 소리가 그 절정입니다. 동물들의 울음소리를 이해할 수 있다면 우리에게 맡겨진 자연 존재들을 돕는 조력자로서 우리 마음속 과제를 일깨울 수 있습니다. 그러고 나면 우리는 또 다른 한편으로 모든 동물이 어떻게 우리 존재의 한 부분을 넓히며 그곳에 빛을 비추는지도 배우게 될 것입니다.(3장 참조) 이것이 바로 옛이야기 속 동물들이 하는 일입니다.

우리는 앞의 이야기에서 당나귀가 한 명의 인간뿐만 아니라 그보다 훨씬 더 넓은 의미에서 우울질적 인간을 반영하는 방식을 보았습니다. 실제로 당나귀는 인간인 우리가 타락의 무겁고 어두운 결과들을 다루고 행하는 방법을 알아야 하는 존재임을 보여줍니다. 인간은 마치 당나귀가 연못에 비친 자신의 얼굴을 보았을 때처럼 스스로가 얼마나 깊은 심연 속으로 가라앉았는지를 깨닫고 슬퍼하게 됩니다. 그러나 이야기 속의 당나귀가 마침내 가면을 벗어던질 수 있을 때까지 꿋꿋이 자신의 길을 갔듯이 우리도 우리 앞에 놓인 성장의 길을 끈질기게 걸어가야 합니다.

개구리는 인간 혼의 완전히 다른 측면을 보여줍니다. 개구리는 다면

적 특징을 지닌 동물입니다. 우리는 옛이야기 속 개구리를 흔히 머리를 쭉 빼고 우쭐대기 좋아하며 어떤 험담도 매끈한 등 위로 미끄러지게 만드는 능청맞은 존재로 여깁니다만 때로는 매우 지혜로운 존재로 바라보기도 합니다. 또 동시에 개구리는 조금 "지저분"합니다. 그렇지만 영학에서 개구리와 두꺼비를 "땅의 배설물"로 간주한다는 사실은 낯설게 느껴집니다. 우리는 똥이 더럽다고 생각하지만, 똥 덕분에 매일 신선한 빵을 먹을 수 있다는 사실은 잊습니다. 농부가 밭에 거름을 주지 않는다면 어떻게 밀을 수확할 수 있을까요? 오늘날의 인공비료도 땅에 영양이 필요해서 생겨난 것입니다.

어떤 이야기에서는 개구리와 두꺼비가 이중적 역할을 합니다. 그림 형제의 이야기에는 두꺼비(Märchen von der Unke)와 친구가 된 아이의 이야기가 있습니다. 아이의 어머니는 두꺼비를 더럽다고 죽여버립니다. 그러자 아이도 메마른 땅의 밀처럼 죽습니다. 영적인 흙을 잃어버린 것입니다.

우리는 긍정적인 측면에서 개구리의 "더럽고" "고집스러운" 면도 볼 수 있습니다. 참을성 없는 사람들은 참된 지혜를 혐오하고 거부합니다. 우리는 종종 지혜로운 사람의 말을 들으면 혐오스럽게 반응하거나 거부합니다. 그러나 지혜로운 이는 이에 대해 조금도 신경 쓰지 않습니다. 그러고는 개구리처럼 조롱과 경멸이 "등에서 미끄러지게" 내버려 두고 자신이 해야 할 말을 계속합니다. 이렇듯 개구리는 많은 옛이야기에서 지혜의 화신으로 등장하기도 합니다.

더 중요한 것은 따로 있습니다. 개구리는 두 세계에 존재합니다. 개구리는 물속의 고요한 어류 세계에 살면서 동시에 땅 위에서 숨 쉬는 우리 세계에도 속해 있습니다. 이처럼 모든 위대한 현자는 두 세계에 살고 있습니다. 그들은 우리가 사는 지상에서 우리와 함께 숨을 쉬지만, 또한 영의 세계에도 존재합니다. 개구리가 연못에서 생겨났듯이 현자는 영계의 바다에서 와서 우리가 다다를 수 없는 그 세계의 위대한 비밀을 밝혀 전해줍니다.

그러나 개구리의 지혜는 또 다른 감춰진 본성을 지니고 있습니다. 그 지혜는 현자가 영적으로 고양되는 깊은 어둠 속으로 침잠합니다. 불쾌하고 기이하지만 그럼에도 신성한 사고와 관념이 살아 움직이는 개구리의 모습을 통해 그 지혜는 더욱더 깊어지고 신비로워집니다.

보잘것없는 모습의 지렁이 속에도 비슷한 유형의 신성한 지혜가 숨겨져 있습니다. 이 작은 동물은 지구의 자궁에 살고 있으며 기본적으로 흙을 먹고 사는 징그러운 존재입니다. 이 지렁이의 움직임을 통해 땅은 비옥해집니다. 배설물에 그랬듯이 우리는 또다시 지상에서의 삶에 대해 지렁이에게 감사해야 합니다. 배설물과 지렁이는 비록 더럽고 징그럽지만, 이 둘 모두 깊이 숨겨진 채 우리가 필요로 하는 것을 가져다주는 위대한 지혜의 현시(現視)나 다름없습니다.

이 의미에서 또한 우리의 양심은 "현자(wise man)"입니다. 지렁이가 무슨 말을 하건, 우리는 땅을 쏠고 다니는 주제에 자존심을 건드리며 터무니없는 말만 늘어놓는다고 불쾌해합니다. 우리의 양심은 **낮은 나**에게 말을 건네는 **높은 나**입니다. **높은 나**는 여전히 우리의 신성한 기원과 은밀하게 연결돼 있는 우리의 일부이며, **낮은 나**에게 무엇이 진정으로 선하고 옳은지를 알려줍니다.

그러나 우리의 **낮은 나**, 즉 안일함, 명예, 이익을 찾으려는 일상의 나는 수단과 방법을 가리지 않고 저항합니다. **낮은 나**는 의식적인 자기 계발을 통해서야 비로소 더 **높은 나**의 말에 귀 기울일 수 있습니다.

옛이야기 『개구리 왕자』에서 개구리는 위의 모든 것을 상징합니다. 이 이야기에서 인간의 혼(공주)은 여전히 마법에 걸린 자신의 **높은 나**(개구리)를 만나게 됩니다. 이 작은 존재는 잃어버린 황금 공(우리는 곧 그 의미를 알게 됩니다.)을 공주(혼)에게 돌려줄 수 있습니다. 하지만 혼은 **높은 나**에게 충실하지 않습니다. 혼은 **높은 나**(양심)의 목소리를 듣고 싶지 않아서 떠나버립니다. **높은 나**는 마침내 혼이 듣고 복종할 때까지 계속 두드리며 말을 건넵니다. 그럴 때만이 혼과 **높은 나**가 결합될 수 있습니다. (혼이 영계로 입문하는 것입니다.)

지금까지 이 이야기의 등장인물들을 살펴보고 그들이 어떻게 연결되어 있는지 살펴보았습니다. 이제는 이 이야기가 위대한 이미지로 우리에게 말을 건네도록 시도할 것입니다.

『개구리 왕자(또는『철의 하인리히』)』는 여러 아름다운 딸들을 지닌 왕에 관한 이야기입니다. 막내는 얼굴이 드러날 때마다 하늘의 해마저 깜짝 놀랄 정도로 아름답습니다. 이야기의 나머지 부분은 막내딸에 관한 이야기입니다. 다른 딸들은 더 이상 언급되지 않습니다.

아버지 세계(영계)에서 기원한 인간의 혼은 더욱 높고 아름다운 의식으로 발달합니다. 결과적으로, 혼 발달의 마지막 단계(막내딸)는 분명 가장 아름답고 중요합니다.

이 이야기는 막내딸이 얼마나 아버지의 성 주변의 숲으로 들어가고 싶어 하는지에 대해 이야기합니다. 어느 날 공주는 황금 공을 가지고 놀기 위해 숲으로 갑니다. 우리의 가장 어린 딸인 "혼(soul)"도 깨어난 의식을 갈망하고 자신의 밝은 기원을 떠나 어두운 지상의 삶으로 들어가고 싶어 합니다. 여기서 혼은 내면의 발달을 찾아다닙니다. 어둠 속으로 들어감으로써 이 딸(혼)은 자신이 떠나온 빛나는 영계를 떠올립니다. 혼은 자신의 기원과 빛나는 우주, "황금 공"의 경험을 지닌 채 어둠 속으로 들어갑니다. 그녀는 숲속에서 빛나는 공을 가지고 놉니다. 원래 혼은 "황금빛 우주" 안에서 살며 놀았습니다. 하지만 혼은 이 우주를 떠나야 했습니다. 이제 혼은 "황금 공" 안에 머무르는 것이 아니라 그것을 가지고 놉니다. 그녀는 몇 번이고 되풀이해서 황금 공을 위로 던지고 잡으며 놉니다. 이는 더 이상 영계에 살지 않는 지상의 깨어난 의식이 하는 일입니다. 즉 깨어난 의식은 영을 가지고 놀고, 또 밀쳐내고, 또다시 찾아 나섭니다.

하지만 그때 황금 공이 땅에 떨어져 깊은 우물 속으로 굴러 들어갑니다. 의식은 이제 영계와의 연결을 완전히 잃었습니다. 영적인 삶이 땅에 스며들었습니다. 완전히 세속화된 것이지요.

모든 아이의 삶에서 일어나는 이 과정은 프레데리크 판 에덴(Fredeirik van Eeden)의 『어린 요하네스(Kleine Johannes)』에서 훌륭하고 아름답게 묘사됩니다. 동식물의 말을 알아듣는 어린 요하네스는 여전히 아버지 세계의 모래언덕에서 노닐며 살고 있습니다. 어느 순간 그는 "Wist ik"(글자그대로 "그것을 알고 있다.")라고 불리는 땅속 요정을 만나게 됩니다. 그 요정은 요하네스가 완전히 다른 방식(즉 외적 지식을 갈망하는 관점)으로 이 세상을 보게 합니다. 어린 요하네스는 이제 황금빛 영계에서의 삶을 떠나 이성적이고 외면적이며 물질적인 지상의 삶을 살아가야 합니다. 그는 자신을 어둠 속으로 데려가는 또 다른 존재, 즉 작은 악마 "플루이저"(Pluizer, "자세히 조사하는 사람" 또는 "해결자")를 곧 만나게 됩니다. 어린 요하네스는 플루이저가 가장 위대한 문제들을 풀게 함으로써 외적 지식을 늘립니다.

이 옛이야기에서, 우리는 똑같이 아버지 세계의 상실을 봅니다. 즉 공이 공주의 눈앞에서 우물로 굴러 들어가 깊은 곳으로 가라앉는 것입니다. 이렇듯 인류의 혼은 "지구의 자궁"으로 빨려 들어갑니다. 이제 그 혼은 지상과 하나가 되어야 합니다.

하지만 우물은 물로 가득 차 있습니다. 공은 딱딱한 죽음의 땅 위로 떨어지는 것이 아니라 살아 움직이며 흐르는 물속으로 떨어집니다.

물은 항상 생명을 지닌 지상의 요소로 여겨져 왔습니다. 게르만인들은 세계를 거인으로, 바다와 강을 거인의 흐르는 피로 여겼습니다. 식물의 세계에서는 물이 상승하는 액체의 형태로 성장과 생명력을 실어 나릅니다. 황금 공이 지구의 생명 요소로 떨어진다는 사실은 영계가 "땅으로 내려와 굳은" 것이 아니라 땅의 영역에서 새로운 삶을 발견했다는 사실의 표현으로 볼 수 있습니다. 지상에 사는 모든 것은 실제로 영의 삶을 나타냅니다.

이 생명은 문자적인 의미뿐만 아니라 색깔, 형태, 그리고 소리에서도 드러나야 합니다. 어린아이는 이 모든 사물과 존재들, 곧 돋아나는 새싹, 자라나는 풀, 꽃, 나비 또는 다른 동물들과 형형색색의 돌, 바람의 소리, 새들의 노랫소리 속에서 흙으로 변해버린 영의 은밀한 생명을 알아봅니다. 영은 앞에서 말했듯이 "마법에 걸린" 형태로 그 자체를 드러낸다고 말할 수 있습니다. 아이가 지상에서 보는 주변의 모든 것은 태어나기 전 영계에서 주어진 깊은 내면의 무언가를 "마법에 걸린" 형태로 무의식 속에 떠오르게 합니다. 우리는 이미 이에 대해 말했습니다.

하지만 이 무의식적인 앎은 점점 희미해지고, 약해지고 약해져서 거의 완전히 사라집니다. 황금 공은 너무 깊게 가라앉아서 공주는 그것을 잃어버렸다고 생각합니다. 혼은 이제 우리 어른들처럼 사물들을 바라보며 더 이상 사물의 본질을 알아차리지 못합니다. 어떻게 하면 지상의 사물 속에 숨겨져 있는("마법에 걸린") 영을 재발견할 수 있을까요?

우리의 혼은 스스로 그것을 할 힘이 없습니다. 우리의 지식도 마찬가지입니다. 우리는 우리 안에 있는 더 높은 영, 즉 **높은 나**의 원리를 끌어와야 합니다. 우리 혼의 힘은 이 높은 원리에 의해 이끌릴 때에만 발달할 수 있습니다. 그럴 때만 그 혼의 힘들은 "마법에 걸린" 형태 속에서 살아 있는 영을 인식할 수 있을 것이고, 그리고 나서야 혼은 다시 영계에서 살아갈 수 있을 것입니다. 이를 이루기 위해서, 우리는 우리의 **높은 나**에 의해 이끌려져 결국 높은 힘들에 의해 불어넣어진 영적인 가르침을 깨닫는 길을 따라야 합니다. 그러한 발달의 길이 우리에게 요구하는 것은 어려울 뿐 아니라 때로는 불쾌하기까지 합니다. 그래서 우리는 흔히 이러한 요구를 혐오스럽게 거절하곤 합니다.

이러한 경향성은 옛이야기 속 공주와 개구리의 만남에서 훌륭하게 묘사됩니다.

공주가 공을 잃어버리고 슬퍼할 때, 우물에서 개구리 한 마리가 나타나서 공을 찾아오면 자신에게 무엇을 줄 것인지 묻습니다. 공주는 개구리에게 그 어떤 값진 것도 주겠다고 했지만, 개구리는 "나는 금은보화는 필요하지 않아요."라고 거절합니다. 하지만 "내가 당신의 가장 친한 친구가 되어 하루 종일 함께 놀 수 있게 된다면 공을 찾아올게요."라고 말합니다.

많은 사람들이 잃어버린 영계의 공백을 지상의 부로 채우려고 노력합니다. 하지만 "금은보화"는 결코 잃어버린 것을 대체할 수 없습니다. 그렇기에 우리의 더 깊은 존재, **높은 나**는 그것을 거부합니다. 많은 사람들이 더 높은 지식과 지성을 추구하며 자신의 "영"을 풍성하게 하려 하지만 그것은 불가능합니다. 오직 영계에 속한 **높은 나**만이 그것을 우리에게 다시 밝혀낼 수 있습니다. 혼이 **높은 나**의 속삭임에 귀를 기울일 때에만 이런 일이 일어날 수 있습니다. **높은 나**가 우리에게 전하려는 말들은 일상의 소음 속에서 길을 잃습니다. **높은 나**의 말을 듣기 위해서는 자신의 **높은 나**와 친밀한 관계를 가져야 합니다. 반대로 그 침묵의 말들이 이해되려면 우리의 높은 존재는 우리의 혼과 가장 친한 친구가 되어야 합니다. 그럴 때만이 우리가 영계를 다시 발견할 수 있습니다.

공주는 개구리에게 그러겠다고 약속했지만, 속으로는 '개구리는 결코 인간의 친구가 될 수 없어.'라고 생각합니다. 우리의 혼도 **높은 나**가 속삭이는 말을 듣기로 결심할 때, 영의 가르침을 따르기로 결심할 때 같은 행동을 합니다. 비록 그 결정이 진심이라 해도, 혼은 여전히 '그렇게 되지는 않을 거야. 만약 너무 어려우면 언제든지 손을 뗄 수 있어.'라고 생각할 것입니다. 하지만 개구리(**높은 나**)는 공주의 약속을 진지하게 받아들이고 연못 속으로 뛰어듭니다. **높은 나**는 매우 깊은 내면으로 뛰어들 수 있으며, 또한 스스로 사물 속으로 스며들 수 있습니다. 그렇게 사물의 기원적 본질을 다시 찾을 수 있습니다.

우리는 옛이야기 『홀레 할머니』에서 깊이와 높이 사이의 동일한 양극성을 보았습니다. 그 이야기에서 소녀는 더 높은 영계를 찾기 위해 우물 속 깊이 내려갑니다. 그리고 이야기의 후반부에서, 소녀는 그 영이 눈이 되어 땅 위로 내리도록 합니다.

개구리는 금세 황금 공을 찾아 공주에게 가져다줍니다. 공주가 이렇듯 빠르게 황금 공을 되찾는다는 사실이 놀랍습니다. 하지만 영의 가르침을 따르기로 결심하는 그 순간에 영계와 다시 연결될 리가 없습니다.

도리어 실제로 의식되지는 않더라도 그 가르침을 진실하게 따르기로 결심하는 순간에 영계와 더 깊은 연결을 느낄 수 있습니다. 마치 우리가 "황금 공"을 쥐는 것이 허락된 것과 같습니다.

게다가 옛이야기에서의 시간은 상대적입니다. 예를 들어, 일곱 살쯤 된 한 공주가 다음날 왕자와 결혼합니다. 잠자는 숲속의 공주는 왕자가 깨울 때까지 100년 동안 잠을 잡니다. 뒷이야기에서 시간의 이미지는 본래의 고유한 특성을 지닙니다. 반면에 앞 이야기에서 시간의 이미지들은 단순히 서로 옆에 놓여 이어질 뿐 그 장면에서 시간이라는 고유한 특성이 드러나지는 않습니다. 따라서 우리는 오랜 세월이 걸리고 더불어 수없이 많은 노력이 동반될 수밖에 없는 일, 곧 이 이야기에서는 "황금 공" 찾는 일이 빠르게 일어난다는 사실에 놀라서는 안 됩니다.

자신의 소중한 물건을 되찾은 공주는 약속을 잊어버리고 집으로 달려갑니다. 개구리가 뒤쫓아 오며 부르는데도 말이죠. 그리고 나서 공주의 가족들은 아버지의 성에서 저녁 식사를 합니다. 이 장면은 가족들이 각자 자신의 "삶이라는 음식"을 먹고 있음을 나타내는 것이라 볼 수 있습니다. 공주도 또한 저녁을 먹고 있습니다. 혼이 아버지(영)가 주신 삶을 먹고 있는 것입니다. 그때 공주는 바깥 대리석 계단에서 누군가가 철퍼덕철퍼덕 소리를 내며 오르는 소리를 듣습니다. 바로 양심의 소리입니다. 우리의 양심은 항상 분명하게 말하지 않고 중얼거리듯이 말을 시작합니다. 이어서 문을 두드리는 소리가 들립니다. 공주는 문을 열어 개구리를 보고는 재빨리 '쾅' 하고 문을 닫아버립니다. 그렇지만 결국 공주는 이제 우리의 왕인 아버지에게 무슨 일인지 말해야 합니다. 신이 우리에게 약속을 지키라고 요구하듯이, 왕은 공주에게 약속을 지키라고 요구합니다. 공주는 이제 개구리를 데려가 옆에 두고 자신의 "가장 친한 친구"로 받아들여야 합니다. 심지어 개구리는 접시에 놓인 공주의 음식을 먹는 것도 허용됩니다. 혼은 **높은 나**가 삶이라는 식탁에서 자신과 함께 음식을 먹도록 허락해야 합니다. **높은 나**는 우리의 삶에서 하나의 역할을 해야 합니다.

하지만 이제 공주는 음식이 역겹습니다.

이런 일은 우리의 삶에서 자주 일어납니다. **높은 나**가 참견하면, 즉 우리가 더 높은 의식에 이르게 되면, 사물과의 자연스러운 연결은 일시적으로 끊깁니다. 젊은 루돌프 슈타이너가 유명한 잡지의 편집인이었을 때의 일입니다. 슈타이너가 다양한 양심의 계시를 잡지에 게재하자 독자들이 계속해서 줄어들었습니다. 사람들은 그러한 계시를 견딜 수 없었던 것입니다. 비슷한 일이 위트레흐트(Utrecht)[27]의 오케스트라 지휘자에게 일어났습니다. 그가 리허설할 음악의 배경에 대해 논할 때, 연주자들은 연주의 즐거움을 잃었다고 불평했습니다. 어느 정도의 발달 수준에 도달했을 때만 당신은 그러한 의식을 이해하고 견딜 수 있습니다. 그래야만 기쁨이 줄어들지 않고 늘어납니다. 공주에게도 같은 일이 일어납니다. 개구리가 접시의 음식을 먹을 때, 공주는 식욕을 잃었습니다.

마침내 공주는 침실로 가고 개구리는 공주와 함께 있기를 원합니다. 마치 **높은 나**가 밤의 초월적인 영역에서 혼과 연결되기를 원하는 것처럼 말입니다. 영계로의 입문은 반드시 일어나야 하는 일입니다. 그렇지

---

27   네덜란드의 도시.

만 처음에 공주는 저항하며 개구리를 방구석에 내버려 둡니다. 이 또한 우리의 삶에서 종종 볼 수 있습니다. 이렇듯 우리는 삶에서 새로운 일들이 다가올 때 종종 저항하곤 합니다. 사춘기 이전 단계부터 살펴보겠습니다. 소년, 소녀들이 서로에게 끌리기 직전 단계에서 그들은 서로에게 가장 무정합니다. 우리는 또 어른들에게서도 새로움에 대한 저항을 볼 수 있습니다. 네덜란드의 작가이자 시인인 요스트 판 덴 폰델(Joost van den Vondel)은 가톨릭 신자가 되기 직전에 가톨릭교회를 비난하는 시를 썼습니다. 사실은 이미 그는 자신의 더 깊은 내면의 자아(self)에서 가톨릭교회와 연결됨을 느끼고 있었지요. 그렇지만 비난이 두려웠던 일상 의식은 아직 그 단계를 밟을 수 없었습니다. 그는 항상 개신교의 옹호자로 알려져 있었기 때문입니다. 이러한 무력함을 억누르기 위해 그는 가톨릭교회를 공격했던 것입니다. 개구리를 "방 한구석에" 둔 것처럼 말이지요.

그럼에도 개구리는 집요하게 달려들었고 공주는 너무 화가 나서 개구리를 벽에 던져버립니다. 이렇게 마법은 깨졌고 개구리는 이제 영광스러운 왕자의 모습으로 공주 앞에 서게 됩니다.

여기 또 다른 놀라운 사실이 있습니다. 극심한 분노가 아름다움으로 보상받는다는 사실입니다.

이 이야기의 원작에서는 공주가 개구리를 침대로 데려가고, 침대에 누워 있는 동안 개구리가 왕자로 변한다는 사실에 주목해야 합니다. 혼이 뚜렷이 드러난 **높은 나**와 연결되는 것입니다.

물론 어린아이는 이 부분을 성적 표현으로 받아들이지 않고 단지 이미지로만 경험합니다. 하지만 야콥 그림은 특히 어른들이 보기에, 공주와 함께 침대에 누워 있는 개구리의 이미지가 어린이들에게 적합하지 않다고 생각한 것 같습니다. 하지만 원작은 분명히 더 깊은 의미를 지니고 있습니다. 혼은 **높은 나** 자체에 반응하는 것이 아니라 마법에 걸린 형태에 반응한다는 것을 기억해야 합니다. 긍정적인 관점으로 본다면, 혼은 더 이상 마법에 걸린 **높은 나**를 참을 수 없었고, 너무 화가 나서 자신도 모르게 **높은 나**와의 연결을 끊어버린 것이라 볼 수 있습니다. 때때로 인생에서 **높은 나**가 혼을 자유롭게 할 수 없을 때는 강렬한 행위가 필요합니다. 혼의 극단적인 행동은 때때로 **높은 나**를 속박으로부터 해방시킬 수 있습니다. 그렇게 우리는 담즙질의 행로가 우울질과는 매우 다를 수 있음을 알 수 있습니다. 앞의 이야기에서 우울질의 당나귀는 밤에 슬며시 당나귀 가죽을 벗었습니다. 반면에 이 이야기에서 담즙질의 공주는 성을 내면서 개구리를 벽에 던져버립니다.

운명(destiny), 다시 말해 혼이 정해진 길을 따르도록 하는 것이 목표인 운명은 수없이 다양한 방법으로 자신을 드러낼 수 있습니다. 운명은 혼으로 하여금 고요하고 깊은 사건을 경험하게 할 수도 있지만 강렬한 충격과 힘겨운 시련을 경험하게 할 수도 있습니다.

왕자가 공주 앞에 나타나서, 자신은 마녀의 마법에 걸렸었고, 오직 공주만이 자신을 이 마법에서 풀어줄 수 있었다고 말합니다. 우리 모두도 마찬가지입니다. 지상에서는 **높은 나**는 스스로를 "마법에 걸린" 형태로만 보여줄 수 있을 뿐 위대한 모습으로 보여주지는 못합니다. 마법은 "마녀"(지상의 삶)가 걸었지만, 이 마법은 "공주"(우리의 혼)가 진정으로 자신을 바칠 준비가 되어 있을 때만 깨질 수 있습니다.

우리는 이 이야기에서 두 개의 다른 등장인물로 등장하는 왕자와 공주 모두 우리 내면에 존재하고 있음을 잊지 말아야 합니다. 이런 특징은 모든 옛이야기에 들어 있습니다. 『빨간 모자』의 어린 소녀는 우리 혼의 무언가를 상징합니다. 또 할머니와 엄마, 사냥꾼과 늑대도 마찬가지입니다. 이 모든 것은 우리 내면에서 찾을 수 있는 것들입니다. 우리가 좋은 옛이야기에 집중하여 혼의 안쪽을 환하게 드러낸다면, 우리 주변에 투영된 모든 인물과 성격을 관찰할 수 있을 것입니다. 그러므로 왕자가 공주에게 한 말은 우리 자신의 혼에게 한 말입니다.

빠르게 결혼식이 준비됩니다. **높은 나**와 혼 사이의 깊은 연결, 곧 영계에 다가갈 수 있는 "입문"이 시작되는 것입니다.

이제 왕자의 아버지 나라에서 온 마차가 나타나 왕자와 공주를 성으로 데려가려고 합니다. 말들은 깃털로 꾸며져 있습니다. 『헨젤과 그레텔』에서는 집(아버지가 살고 있는)으로 가는 아이들을 위해 흰 오리(때로는 흰 백조)가 나타나 물을 건네줍니다. 아이들은 마녀로부터 수많은 골탕을 먹은 후 드디어 영(하얀 깃털을 지닌 새)의 도움으로 강을 건너게 됩니다. 즉 강은 아이들과 아버지 세계의 경계입니다. 이 이야기(『개구리 왕자』)에서 하얀 깃털로 꾸며진 말은 우리가 떠나온 동시에 다시 돌아가야 할 아버지 세계의 고향집에 우리를 데려다주는 날쌔고 가벼운 발걸음을 상징합니다.

주인을 잃어버려 너무나 슬펐던 충성스런 하인리히는 마차의 뒤에 서 있습니다. 자신의 주인을 데리러 온 것이지요. 우리의 신체가 지상에서 살아가는 내내 영과 혼을 짊어지듯이, 그는 주인과 여주인을 마차에 태우러 온 종복입니다.

그러나 마치 옷처럼 혼과 영을 둘러싸고 있는 우리의 신체(physical body)는 실지로 삼중적입니다. 꼭 돌과 같은 광물로서의 신체에는 우리가 식물들과도 공유하고 있으며 생명체(life body)에 속한 생명력이 스며들어 있습니다. 우리의 감성, 사고, 의지는 거기에 유기적 통일체를 구성하는데 그것은 혼과 영에 관련된 세 번째 옷을 만듭니다. 그리고 이 세 구성체를 **높은 나**가 이끌고 있습니다. 우리는 **높은 나**에 이끌리지 않고는 진정한 인간이 될 수 없습니다. 만약 **높은 나**와 단절하고 욕망과 본능(지성의 영역에도 있을 수 있습니다.)에 복종한다면 우리는 짐승처럼 야만스러워질 것입니다. 두 번째 옷인 "생명체"는 **높은 나**의 이끌림을 받지 않으면 비옥한 땅에서 자라는 열대식물처럼 무성해질 것입니다. 영이 필요로 하는 공간을 넘어서는 것이지요. 신체 또한 **높은 나**에 이끌리지 않으면 뒤틀림이나 퇴화가 일어납니다. 정신적으로 병이 들거나 감정적으로 자신을 잃어버린 이들처럼 영을 잃어버린 사람들에게서 볼 수 있는 현상입니다.

이렇듯 우리 삼중의 옷이 **높은 나**에게 통제되지 않는다면 삼중적 형태에서 탈선할 수 있습니다. 그래서 충성스러운 하인리히의 심장 주위에는 세 개의 철띠가 둘러져 있습니다. 주인의 이끎이 없을 때 부서지지 않도록 심장 주위에 묶여 있는 것입니다. 그러나 이 철띠들은 쓸모없어지고 순수한 즐거움을 통해 결국 하나씩 부서집니다. 진정한 주인이 도착하는 순간에 결박이 풀리는 것입니다.

왕자와 공주는 아버지의 성으로 가서 곧 왕과 왕비가 됩니다. 영의 조력자로서 영계에서 기원한 인간이라는 존재는 세계 속에서 생겨난 영의 공동의 창조자이자 통치자가 됩니다.

세 자매와 세 형제 모티브

마지막 옛이야기에서 우리는 왕의 막내딸이 인간 혼의 심화된 의식 발달을 어떻게 나타내는지 보았습니다. 다른 많은 옛이야기에서 이것은 세 단계 또는 세 혼의 영역으로 묘사됩니다. 영학은 각 개인의 삶과 전체 인류의 발전과정에서 혼이 발달하는 세 가지 주요 단계의 의미를 명확히 밝힙니다. 영학은 이 세 수준의 혼을 감각혼, 오성혼, 의식혼이라 칭합니다. 이 세 수준의 혼 중에서 막내 혼인 의식혼은 나-의식(**높은 나**)을 포함하게 되어 있습니다. 그렇기에 옛이야기에서 막내가 가장 중요한 것처럼 의식혼 또한 가장 중요합니다. 또 젊음과 순결함을 지닌 막내딸은 셋 중 가장 착한 딸입니다. 그러나 막내딸은 어리기 때문에 더 나이가 많고 발달한 혼을 지닌 자매들보다 경험이 부족해 보이고 서툴러 보입니다. 그래서 언니들은 그녀를 깔봅니다. 이렇게 우리는 유명한 신데렐라 모티브에 이르렀습니다. 이 옛이야기에도 세 자매가 등장합니다. 막내는 가장 착하지만, 또한 가장 중요하지도 똑똑하지도 않습니다. 신데렐라는 계모가 낳은 두 언니들에게 놀림과 괴롭힘을 당합니다. 그러나 결국 왕자와 결혼하여 여왕이 되는 것은 신데렐라입니다. 즉 신데렐라는 떠오르는 자아-영(**높은 나**)을 상징합니다.

옛이야기 속에 세 형제가 있으면, 그중 막내는 보통 가장 어리석거나 몽환적이며, 형들에게 무시당하는 존재입니다. 그러나 결국엔 가장 큰 일을 해내고 왕이 됩니다. 우리가 이를 삼 형제 모티브로 본다면, 그것은 혼 그 자체와 혼의 발달 수준이 아닌 혼에서 능동적으로 나오는 작용(functions)인 것 같습니다. 아이들과 관련된 일을 하는 사람들은 이갈이를 하지 않은 아이들이 완전히 의지적 충동으로 살아간다는 사실을 알고 있습니다. 초등학생이 되어서야 감성의 삶이 더 중요하고 섬세한 역할을 맡습니다. 청소년기 이후부터는 사고가 점점 더 정밀해집니다. 의지, 감성, 사고라는 인간 혼의 작용은 정확히 순서대로 발달합니다. 태초에 인류는 혼의 의지로 활동했으며 이는 일부 원시 문화에서도 여전히 목격됩니다. 오늘날 완전히 의지로써 사는 건 퇴폐적이고 심지어 사악하게 보이며 야만적인 경향에 가깝습니다. 억제되지 않은 의지는 거칠어집니다. 이것이 원시 문화권의 사람들이 종종 야만인으로 여겨지는 이유입니다. 하지만 고대 문명인들은 그들의 의지 충동을 영계에서 직접 받았습니다. 의지적 삶은 영을 온전히 따르는 삶이며 그러한 삶은 인류 초기 혼-작용의 최고의 형태였습니다. 한참 후에서야 감성이 전면에 등장하기 시작했습니다. 최근에는 더 발달한 감성이 의지보다 좀 더 우리에게 가깝게 다가옵니다. 우리는 중세의 예술가나 공예가의 삶을 생각함으로써 이것을 떠올려 볼 수 있습니다. 최근 몇 세기가 되어서야 과학과 기술에서 논리적 사고가 발달했습니다. 그러나 현재의 발달 수준인 논리적 사고는 메말라 있으며 영감이 결여되어 있습니다. 논리적 사고는 여전히 의지와 감성 속에는 존재하는 더 높고 깊은 힘이 결여된 인간의 창조물일 뿐입니다. 세 혼의 작용 중 "막내 동생"인 사고는 아직 문화적 삶의 더 미묘한 측면이나 더 깊은 층위에서 핵심적인 역할을 할 수 없습니다. 그것은 너무 뻣뻣하고 앙상합니다. 사고는 잃어버린 내면의 삶을 획득할 때까지 의지와 감성이라는 늙은 형제들과 기꺼이 함께 있어야 합니다. 그러나 일단 사고가 진정한 내면의 삶에 눈을 뜨게 되면, 가장 문화적인 혼의 작용이 될 것입니다. 그러면 사고는 혼의 삶에서 "왕"이 되어 문화와 인류의 발달을 이끌게 될 것입니다.

대부분의 옛이야기에서 삼 형제 중 막내가 공주와 결혼하는 남성적 요소와 신데렐라 이야기 같은 여성적 요소를 볼 수 있습니다. 그런데 그 중 『헨젤과 그레텔』, 그리고 『오누이』(Little Brother and Little Sister)는 독특하게도 한 이야기에 두 요소가 담겨 있습니다. 이 이야기들에서 혼과 **높은 나**(I-spirit)는 손을 잡고 삶의 길을 걷습니다. 그러나 혼을 이끄는 것은 우리의 진정한 나인 **높은 나**가 아니라, 지상의 반영이며 삶의 초기에 나타나기 시작하는 **낮은 나**입니다. **낮은 나**가 영적 근원인 **높은 나**와 하나가 되려면 여전히 많은 시험을 통과해야 합니다. 마녀가 나중에 불 속에 던져 넣으려 우리에 가두어두었던 헨젤이나 다음에 우리가 논의할 옛이야기(오누이)의 가엾은 오빠와 그가 겪어야 했던 모든 일을 생각해보세요. 두 이야기에서 두 남자아이가 겪는 최악의 사건들은 매우 흥미롭습니다. 여자아이(혼)는 오빠(**낮은 나**)의 곁에 머물며 오빠를 돌봅니다.

이제 『오누이』를 살펴보겠습니다. 『헨젤과 그레텔』, 『엄지동자』, 그리고 이런 유형의 모든 이야기에서처럼, 가정에서의 삶은 아이들에게 즐겁지 않습니다. 결국 아이들은 부모의 집을 떠나야 합니다. 『엄지동자』와 『헨젤과 그레텔』에서 아이들은 부모에 이끌려 숲에 버려집니다. 『오누이』에서 아이들은 스스로 도망치기로 결심합니다. 모든 이야기에서 아이들은 슬픈 운명을 피할 수밖에 없기 때문에 크게 다르지 않습니다. 친어머니가 죽고, 새어머니가 찾아온 집에서의 삶은 견디기 힘듭니다.

"옛날 엄마가 살아 있을 때가 좋았어."라고 볼멘소리를 하지만 결국 아이들은 "새어머니는 우리에게 푸석거리는 빵 한 조각도 주지 않아! 그래도 숲에서 먹을 것을 찾을 수 있어서 다행이야!"라고 말할 수밖에 없습니다.

옛이야기 속에 흔히 등장하지만, 오늘날 꽤 논란이 되는 주제인 "나쁜 계모"에 대해 좀 더 자세히 알아보겠습니다.

우리는 이미 『홀레 할머니』에서 사악한 계모를 보았습니다. 상냥하고 아름다운 소녀는 과부의 의붓딸입니다. 그 순수한 인간 혼은 영적으로 발달하기를 원합니다. 그 순수한 혼은 그녀에게 재물이 흘러가지 않도록 지키는 "과부(지상 세계)"의 "의붓딸"이며, 과부는 순수한 혼의 "계모" 입니다. 『오누이』에서도 마찬가지입니다. 말할 것도 없이, 우리의 현대적이고 인간적인 사회는 이 폭력적이고 실망스러운 모티브를 거부해야 합니다. 이런 옛이야기들을 듣고 당혹스러워할 엄마와 아빠들이 분명히 있을 것입니다. 이야기에서 실제로는 계모가 아닐 수도 있는 어머니는 고약하고 탐욕스러우며 아이들에게 관심을 주지 않는 반면, 아이들을 사랑하는 사람은 아버지인 경우가 많습니다. "아이들이 이로 인해 잘못된 인상을 받지 않을까요?" "아이들이 앞으로 만나게 될지도 모르는 모든 계모를 "나쁜 사람"으로 보게 되지 않을까요?"

이러한 반박이 나름 논리적이고 이해되기는 하지만, 그건 단지 우리 어른들이 이미지를 이해하는 능력을 거의 잃었기 때문에 일어나는 일입니다. 어른들의 반대 논리는 어린아이들의 혼의 세계와 무관합니다. 우리는 교육을 통해 어른들의 세계를 아이들에게 강요해왔습니다. 심지어 마리아 몬테소리도 옛이야기를 듣고 떠오른 이미지들이 "꾸며낸 것"이라고 느꼈는데, 저는 이것을 "몬테소리의 심리학적 성상파괴주의"라고 부르고 싶습니다.

어린아이가 건강하다면 이러한 동화적 모티브는 잠재의식 속에 지닌 이미지일 뿐입니다. 자녀 모두를 사랑하는 위대한 "아버지" 또는 타락 이후 우리의 "계모"가 되는 위대한 "어머니 땅"의 이미지를 경험하는 것은 결코 아이와 어머니가 서로에게 느끼는 사랑을 조금도 줄어들게 하지 않을 것입니다. 옛이야기의 세계는 논리적이고 객관적인 현실과는 다른 방식으로 아이에게 말하는 이미지의 세계입니다.

게다가, "계모"라는 단어는 어린아이에게 소리의 집합일 뿐입니다. "마더(mother)"라는 단어의 앞에는 "스텝(step)"이라는 소리가 있는데, 이것은 약간 "stiff(뻣뻣한)"처럼 들립니다. 어린아이는 "계모"라는 단어의 진정한 의미를 아직 깨닫지 못할 것입니다. 아이가 너무 조숙하지 않다면 말이지요. 게다가 아이는 주변에서 어떤 여성이 계모인지도 모를 것입니다. "계모"의 의미를 알고 실제로 계모를 만날 때쯤, 아이는 바깥 세계와 옛이야기 세계의 이미지가 지니는 내적 언어를 구별할 줄 알게 될 것입니다.

좀 더 성장한 후 의식이 깨어나서 살아 있는 계모를 처음 만났을 때, 아이는 그녀가 옛이야기에서 만난 계모와 너무나 달라서 놀랄지도 모릅니다. 계모는 심술궂고 잔인하기보다 착하고 사랑스러울 수도 있습니다. 건강한 반응은 "새엄마는 잔인해야 해. 왜냐하면 내가 항상 옛이야기에서 그렇게 들어왔기 때문이야."가 아니라, "내가 지금 마주한 현실은 그 이야기들과 다르네!"일 것입니다. 따라서 아이는 계모를 편견 없이 받아들일 것입니다. 주변 모든 상황이 건강하다면 이 과정은 매우 빨리 일어납니다.

아닌 게 아니라 실제 반응은 종종 사람들의 예상과는 정반대입니다. 만약 사춘기 즈음에 논리적이고 의식적으로 현상을 관찰할 수 있게 되면, 아이는 어린 시절의 이미지 경험으로 새로운 경험들을 판단하지는 않을 것입니다. 아이는 최근에 떠나 온 꿈의 세계를 새롭게 찾은 논리적 방식으로 바라볼 것입니다. 대부분의 경우 꿈의 세계는 햇빛 아래 눈처럼 사라져버리고 아이는 그것들을 "순진하고 그럴싸한 거짓말"로 여길 것입니다.

비록 우리가 이러한 현상을 "비극적"으로 느낄지라도, 문제로 간주해서는 안 됩니다. 더 큰 맥락에서 보면, 인류가 바깥세상을 만나기 위해 낙원을 떠났을 때 이 비극을 경험했습니다. 그리고 각각의 사람들은 인류가 경험한 이 비극을 개별적으로 다시 경험해야 합니다. 우리는 미래를 향한 변화의 한가운데에 서 있다고 말할 수 있습니다. 노년에 모든 사람이 과거에 잃어버린 영적 세계를 재발견할 수 있는 가능성을 갖고 있는 것처럼, 인류는 끝없는 시련을 통해 풍요로워진 의식을 지니고 언젠가는 "새로운 예루살렘(낙원)"에 들어갈 수 있게 될 것입니다. 마찬가지로 적절한 나이가 된 아이는 자신의 비극을 경험해야 하고 또한 자신의 행위를 통해 더 높은 의식을 성취할 수 있다는 사실을 배워야 합니다.

다시 처음의 질문으로 돌아가겠습니다. 우리는 이미지적 요소가 완전히 사라진 인본주의적 양심의 가책을 버려야 합니다. 비록 진짜 계모들이 곤란해지는 일을 막고 싶을지라도 말이지요. 더 나아가 우리 자신이 자상한 계모로서 아이를 사랑으로 돌본다 하더라도 어린아이에게 "나쁜 계모"와 관련된 이야기를 적절한 방식으로 들려주는 게 가장 좋을 것입니다!

논쟁적인 주제를 다루었으니 이제 우리는 옛이야기 『오누이』로 되돌아가겠습니다. 계모의 끔찍한 학대가 싫었던 아이들은 어두운 숲으로 도망치기로 결심합니다. 이 대목에서 우리는 또한 다음과 같이 말할 수 있습니다. "세계 또는 아버지와의 연결을 잃고, 어머니-땅이 과부가 되는 것을 본 인류는 결국 어둠 속으로 사라지게 된다."고 말입니다.

숲을 헤매던 어린 남매는 속이 빈 나무줄기에서 숨을 곳을 찾습니다. 나무의 어린 가지와 꽃봉오리, 그리고 꽃과 달리 나무줄기는 실제로 어느 정도 다시 땅의 일부가 됩니다. 죽은 나무줄기라면 더더욱 그럴 것입니다. 따라서 속이 빈 나무줄기에서 은신처를 찾는 것은 땅속 깊은 곳에서 숨어 쉴 곳을 찾는 것과 다르지 않습니다. 다시 말해, 아이들은 너무나도 어두워진 땅과 다시 완전히 연결되는 것입니다. 아이들은 자신들의 슬픈 운명을 받아들입니다.

아침이 옵니다. 오빠는 목이 너무 말라서 샘을 찾으러 갑니다. 인류의 남성적인 요소인 오빠가 자신을 위해 땅이 비축해놓은 것을 "갈망"하는 것입니다.

우리의 **낮은 나**는 땅이 생산한 지식과 재화의 원천을 먹고 싶어 합니다. 하지만 인류는 타락 이후 땅과의 관계를 잃었습니다. 우리는 이기적이 되고 오직 땅이 제공하는 것, 어떤 면에서는 인간으로서 우리의 발달에 "독"이 되는 것에서 무언가를 얻고 싶어 합니다. 우리가 이를 다르게 본다면, 이렇게 말할 수 있습니다. 인류의 타락 이후 어머니-땅이 인류의 계모가 되었을 때, 그녀의 모든 샘은 독으로 오염되었다고 말입니다. 욕망에 이끌려 독이 든 샘물을 마시는 사람들은 인간답지 않은, 심지어 짐승 같은 삶으로 발전하게 될 것입니다. 우리는 실제로 이 이야기 속에서 마녀인 계모가 모든 샘물에 독을 타는 바람에 목마른 오빠가 갈증을 풀지 못하게 됨을 봅니다.

어린 오빠가 첫 번째 샘물을 마시고 싶어 할 때, 누이는 "나를 마시면 호랑이로 변할 거예요. 나를 마시면 호랑이로 변할 거예요!"라고 속삭이는 샘의 말을 듣습니다. 그래서 누이는 오빠가 샘물을 마시지 못하게 말릴 수 있습니다. 언젠가 **높은 나**가 다스리게 될 혼은 먼저 그것이 지닌 본능과 욕망을 무릅쓰고 **낮은 나**를 삶으로 이끌어야 합니다. 누이가 오빠의 갈망을 누르고 짐승이 되지 않도록 막아야 하듯이 말입니다.

두 번째 샘에서 물이 속삭입니다. "나를 마시면 늑대로 변해요. 나를 마시면 늑대로 변해요!" 그래서 어린 누이는 다시 오빠를 막아설 수 있습니다.

세 번째 샘에 갔을 때 샘물이 속삭입니다. "나를 마시면 사슴으로 변할 거예요. 나를 마시면 사슴으로 변할 거예요!" 오빠는 더 이상 참을 수 없습니다. 결국 오빠는 물을 마시고 어린 사슴으로 변합니다.

『당나귀 왕자』를 다루면서, 우리는 지구 발달 초기에 지상에서 살 수 없었던 발달하는 인간 혼에 대해 이야기했습니다. 그 혼들은 지상에 조화롭게 내려오기 위해서 적당한 때를 기다려야 했습니다. 그러나 마냥 기다릴 수 없었던 그 혼들은 무작정 내려와 사방으로 흩어졌고 발달도 멈추고 말았습니다. 이것이 동물들이 창조된 방식입니다. 동물들은 인간이 걷는 중심 경로를 벗어나 이리저리 방황하며 편향되게 발달하게 되었습니다.

첫 번째로 떠돌아다닌 존재들, 지상의 "샘"에서 먼저 "물"을 마신 존재들이 가장 거칠고 가장 비인간적인 존재가 되었습니다. 선사시대의 공룡을 생각해보세요. 그러나 옛이야기에서는 선사시대 동물에 대해 말할 수 없습니다. 그래서 가장 사나운 동물은 호랑이입니다. 어린 오빠는 호랑이가 되는 위협을 견뎌냈습니다.

두 번째 샘물을 마시는 것은 덜 야만적인 효과를 가져왔을 것입니다. 바로 늑대입니다. 그러나 또한 오빠는 이 위험도 극복할 수 있었습니다. 세 번째 샘물에서 오빠는 더 이상 참지 못하고 물을 마시고는 어린 사슴이 됩니다.

심지어 인류가 지상에서 살아갈 수 있을 때까지 기다릴 수 있었던 혼들조차 완전한 균형을 이루지 못했습니다. 혼들은 인간적인 부드러움과 감수성을 지닐 수 있었음에도 편향성 및 야만성을 또한 지니게 되었습니다.

사슴은 동물적인 야만성을 거의 잃어버린 매우 섬세하고 가녀린 존재입니다. 사슴은 또한 반추동물이기도 합니다. 이러한 신체적 특징들을 영적 존재에 비춰본다면, 우리는 섬세하면서도 동시에 야만성을 거의 잃은, 그렇지만 감사하게도 반추동물인 인간 존재를 떠올릴 수 있습니다. 만약 인간이 영적인 의미에서 반추동물이 아니라면 어떻게 언젠가 더 높은 능력을 발달시킬 수 있을까요?

큰 슬픔에 잠긴 고결한 누이는 이제 양말대님을 사슴의 머리에 씌우고, 골풀줄기로 피리를 만들어 가여운 사슴을 이끌고 숲을 가로질러 갑니다. 우리는 이제 앞서 말한 것을 되풀이할 수 있습니다. 무의식 속에서 **높은 나**에 의해 이끌려진 혼은 타락한 **낮은 나**를 이끌게 된다고 말이지요.

누이와 오빠는 마침내 숲에서 작은 빈집을 발견합니다. 거기에 머물며 누이는 아기 사슴을 사랑스럽게 돌봅니다. 인류는 서서히 어두운 지상의 삶 속에서 편안함을 느끼기 시작하고, 자신의 과업을 계속하기 시작합니다. 즉 모든 욕망으로 자신의 **낮은 나**를 이끌기 시작하는 것이지요.

그러고 나서 놀라운 일이 일어납니다. 그렇긴 하지만 이 부분은 옛이야기에서 충분히 상상 가능한 이미지입니다. 왕의 사냥 무리는 숲을 가로지릅니다. 뿔피리가 울리고 그 소리를 들은 사슴은 폴짝폴짝 뛰어다닙니다. 사슴은 왕에게 잡히기를 원합니다. 걱정스러운 어린 누이는 샘에서 그랬던 것처럼 오빠를 붙잡으려고 합니다. "오빠 그러면 다쳐! 그러다가 죽을지도 몰라!" 하지만 어린 사슴은 참지 못하고 숲으로 뛰어듭니다.

우리는 이제 모든 논리적인 생각을 버려야 합니다. "그 사슴은 어떤 위험이 있는지도 모르고 그저 보고 싶은 게 있었던 거야."와 같이 뻔한 짐작으로 이 모순적인 상황을 외면하려고 해서도 안 됩니다. 오히려 우리는 지금 무슨 일이 일어나고 있는지 분명히 확인해야 합니다. 그 이미지의 내적 진실은 겉으로는 이해할 수 없는 방식으로 아이의 혼에 훨씬 더 많은 것을 전할 것입니다. 사슴은 왕의 뿔피리 소리를 듣고 가만히 있을 수 없었습니다. 왕에게 사로잡혀야 했던 것입니다. 누이는 오빠를 놓아줄 수밖에 없었습니다. 어린 사슴은 밖으로 달려 나갔고 사냥꾼들은 종일 사슴의 뒤를 좇았습니다.

왜 어린 사슴은 그토록 왕에게 사로잡히고 싶었던 걸까요? 왜 죽을지도 모른다는 걸 알면서도 밖으로 뛰쳐나가는 걸까요?

이 의문을 해결해줄 열쇠는 바로 '왕'입니다.

욕망에 사로잡힌 **낮은 나**(사슴)는 혼(누이)에 이끌려 살아갑니다. 하지만 혼은 **낮은 나**를 자유롭게 할 수 없습니다. 자유는 영으로부터 영감을 받을 때 오직 **높은 나**를 통해서만 누릴 수 있기 때문입니다.

높은 나가 일상적인 삶에 공공연하게 개입하는 일은 거의 없지만 때로는 번개처럼 찾아들기도 합니다. 우리의 왕(**높은 나**)은 마치 이야기 속 왕의 뿔피리처럼 자신을 드러냅니다. **높은 나**는 **낮은 나**를 속박에서 풀어주고자 시험에 들게 합니다. 이야기에서는 **낮은 나**를 사냥하는 것으로 나타납니다. 그런데 이때 아직 충분히 발달에 이르지 못했다면, **낮은 나**는 **높은 나**에게 사로잡히기를 원하지 않을 것입니다. 그러나 더 높은 단계로의 발달이 이루어져 스스로 자유로워질 준비가 된다면, **낮은 나**

는 더 **높은 나** 안에 존재하는 영에게 시험 되고(사냥당하고) 마침내 진정한 인간이 되기를 원할 것입니다. **낮은 나**가 시험을 알아차리고, 즉 발달의 길을 발견하고, 자유를 위해 시험이 시작되기를 갈망하는 것입니다. 지금까지 **낮은 나**를 이끌어 온 혼은 **높은 나**로부터 오는 영감(inspiration)에 복종해야 합니다. 어린 누이가 뿔피리의 부름에 복종해서 아기 사슴을 놓아주는 것처럼 말입니다.

이 모든 것을 종합해보면, 우리의 삶의 과업이란 스스로가 우리의 "왕(**높은 나**)"에게 "사냥"당하도록 허락하는 것이겠지요. 어떤 사람의 의식이 발달하여 이 경지에 이르게 된다면 멀리서 "왕의 뿔피리" 소리처럼 운명이 그에게 삶의 과업을 전해줄 것입니다. 불평 없이 그는 사슴처럼 집에서 나와 기꺼이 자신의 "왕"에게 사로잡히고 "마법"에서 해방될 것입니다.

우리의 혼은 태어나기 훨씬 전, 즉 혼이 새로운 지상의 존재를 찾으려는 이 세상의 깊은 밤에, 우리를 사냥하려는 왕의 뿔피리 소리를 들었습니다. 혼을 보호해주던 천상에서의 삶은 더 높은 발달을 위해 요구되는 어둠인 고통스럽고 지상적인 삶으로 대체되어야 했습니다. 혼은 웅장한 뿔피리 소리를 듣고 왕(영—spirit)이 자신을 어둠 속으로 부르도록 허락합니다. 새로운 빛을 찾아 빛나게 함으로써 어둠을 이겨내야 합니다.

이 출생 전의 위대한 사건들은 출생 후에 크고 작은 모든 종류의 변화

속에서 반복됩니다. 가령, 13~14세의 소년은 위험한 일에 집착하고 부모는 끊임없이 꾸짖을 것입니다. 마치 이 이야기에서 어린 누이가 사슴을 집안에 잡아두려고 애썼던 것처럼 말이지요. 부모의 판단이 때때로 옳기는 하지만, 부모는 아들의 혼이 **높은 나**의 "뿔피리 소리"를 들을 나이가 되었음을 이해해야 합니다. 뿔피리는 소년에게 "왕"(**높은 나**)을 향해 자신의 의식을 열어야 하는 시험을 거쳐 개인(individual)[28]이 되라고 요구합니다.

이것이 지금 즉시 **높은 나**가 소년에게 들어감을 뜻하는 건 아닙니다. 하지만 뿔피리 소리는 울려 퍼졌고 사냥 무리들은 다가옵니다.

이것들이 모든 건강한 소년 소녀가 사춘기와 그 이전에 겪는 삶의 과정들입니다. 여자아이들의 경우에는 그 과정이 더 은밀합니다. 운명은 뿔피리를 울리며 아이들을 성인이 되기 위한 시험에 들게 합니다. 그다음은 뿔피리 소리를 듣고 그에 따를 것인지, 아니면 왕(**높은 나**)이 다가오고 있음을 알지 못한 채 너무나도 사랑하는 누이 옆에 머물 것인지 결정해야 합니다. 결국 이는 그들 자신의 발달 수준에 달려 있습니다.

우리는 문학작품들에서 **높은 나**에게 사로잡히는 많은 예들을 볼 수

---

28   우리말로 '개인'으로 번역되는 individual은 사회적 의미의 독립된 개체를 뜻하는 person과 대비되는 용어로서 나누어지지 않는 고유한 존재, 즉 '전일적 존재' 또는 '보편적 개별자'를 의미한다.

있습니다. 전설 속 인물들도 그중 하나입니다. 구약성서에서 야곱은 천사와 싸웁니다. 이 이야기에서 "사냥"은 야곱과 **높은 나**, 즉 영적 세계가 머물며 말을 건네는 그의 **높은 나** 사이의 싸움으로 그려집니다. 동이 튼 후에 천사는 떠나고 싶어 하지만, 싸움이 충분치 않다고 느낀 야곱은 천사에게 "나에게 축복을 내리지 않으면 보내주지 않을 것입니다."라고 말합니다. 천사는 야곱을 축복합니다. 그 축복은 야곱이 이전에 가졌던 것보다 더 높은 영적 계시를 받아, 그가 이스라엘 민족의 조상이 되는 것이었습니다. 그때부터, 그는 신을 위한 전사 "이스라엘"로 불렸습니다.

이 이야기는 우리에게 사냥에서 사로잡힘, 즉 **높은 나**(영계)에게 포섭되는 것의 긍정적인 측면을 보여줍니다. 이 이야기는 이런 시련을 피하지 말고 용감하게 맞서라고 말합니다. 하지만 그 싸움은 야곱의 엉덩이가 다쳤을 때처럼 위험할 수도 있습니다.[29]

이 이야기에서 아기 사슴은 마법에서 벗어나기 위해, 곧 다시 사람이 되기 위해 다가가지만 결국 사냥 무리에게 부상을 입습니다. 사냥 무리는 사슴이 흘린 피(분투의 표시)자국을 따라 작은 집에 도착합니다. 그렇게 왕은 어린 누이를 발견하고(**높은 나**가 혼에 다가감) 그녀를 자신의 성, 즉 영

---

29 창세기 32장에서 야곱과 다투던 천사는 야곱을 도저히 이길 수 없을 듯하자 야곱의 엉덩이 뼈를 치고 떠난다.

의 세계로 데려가고 싶어 합니다. 혼은 영계로의 입문을 허락받지만 "오빠도 꼭 가야 해요."라며 **낮은 나**(어린 사슴)를 온 힘을 다해 지킵니다. 즉 영계의 문 앞에 선 인간은 다음과 같이 말합니다. "내 존재의 더 낮은 부분도 정화되어야 합니다. 그렇지 않으면 진정한 입문이 아니라 속임수일 뿐입니다."

왕은 이에 동의하고 그 소녀를 말에 태웁니다. 많은 옛이야기에서 볼 수 있는 멋진 이미지입니다. 영의 세계 안에서 움직이는(날쌔고 높은 말에 탄) **높은 나**는 이전에 지상을 걸었던 혼이 희망차고 경쾌한 걸음으로 함께하도록 허락합니다.

어린 누이와 아기 사슴은 왕과 함께 살기 위해 떠납니다. 그리고 결혼식(입문)이 열립니다. 비록 **낮은 나**는 여전히 짐승일 뿐이지만 혼과 함께 **높은 나**의 영역에 들어왔고 이제 **높은 나**의 지배를 받을 것입니다. 영적 입문의 수준에 도달한 인간이 반드시 자신의 모든 약점과 결점을 극복한 것은 아닙니다. 어떤 면에서는 높은 수준의 발달을 이루면서도 다른 면에서는 심하게 뒤처질 수 있습니다. 따라서 점점 더 높은 입문의 수준에 도달하면 점점 더 위험한 시험이 주어지고, 여기서 시험에 실패하면 혼은 그만큼 더 심하게 타락할 수 있습니다.

대부분의 옛이야기에서 이 이후에 더 위험한 시험은 묘사되지 않으며 영계로의 입문은 하나의 분명한 사건으로 나타납니다. 일단 소녀와 왕자 혹은 왕의 결혼식이 열리면 이후에 그들은 행복하게 살고 이야기는 끝이 납니다.

하지만 『오누이』에서는 누이가 왕과 결혼하여 여왕이 된 다음 심각한 위기가 찾아옵니다.

계모는 의붓딸과 아들이 매우 잘 지내고 있음을 알고 화가 납니다. 게다가 그녀의 못생긴 외눈박이 딸은 어린 누이 대신 여왕이 되고 싶어 합니다. 즉 "계모인 대지(영을 박탈당한 지상의 삶)"는 영적으로 발달하는 사람들에게 좋은 삶을 허락하지 않습니다. 대지의 "딸"(외면에만 관심이 있는 물질주의적인 인간 혼)은 질투하며 이렇게 말합니다. "나는 어머니 대지의 '딸'이기 때문에 지상의 생명들을 지배하는 힘은 나의 것이야." 어머니 대지는 세상을 한쪽으로만 보는 영적으로 추한 외눈박이들에게 "좋아! 너를 여왕으로 만들어주마!"라고 말합니다.

그사이에 성에서 왕자가 태어납니다. **높은 나**에 이끌려 온 혼(여왕)은 지상에 새로운 영적 생명을 창조할 수 있습니다. 옛이야기 속 언어로 그녀는 어린 왕자에게 생명을 주었습니다. 우리는 앞서 어머니의 출산이 아이들에게 어머니가 하는 일로 이해되어서도, 또 그런 사실이 어린아이들의 의식에 이르러서도 안 된다고 말했었습니다. 어쨌든 옛이야기에서 새로운 생명이 태어나는 것은 창조의 이미지로 작용합니다.

하지만 왕은 아기가 태어날 때 집에 있지 않습니다. 그는 사냥을 하고 있습니다. 다시 말해 **높은 나**는 신경 쓰지 않습니다. **높은 나**는 모든 새로운 창조물 주위에 숨어 있는 덫과 속임수들에 대해 생각하지 않습니다. **높은 나**는 혼을 보호하지 않습니다. 그래서 "저항하는 힘"인 계모와 딸이 나설 수 있습니다. 그들은 잠시 왕비의 목숨을 앗아가고 그 자리에 외눈박이 딸을 앉혀놓습니다. 물론 우리 내면에서도 이런 일이 일어납니다. 만약 우리의 **높은 나**가 조심하지 않는다면, 비록 우리가 혼을 더 높은 단계로 발달시키고 싶어 하더라도 순수함과 결백은 속임수와 이기심으로 변합니다.

또 다른 인물이 이제 이야기에 등장합니다. 바로 요람을 지키는 유모입니다. 어둠이 우리 존재를 은밀히 짓누르고, **높은 나**조차도 그것을 감지하지 못할 때, 혼 속에는 항상 모든 속임수 속에서 경계하며 중심을 잡게 하는 무언가가 있습니다. 이것은 모든 거짓을 꿰뚫어 보거나 감지할 수 있는 유일한 것입니다. 이것은 아이들의 힘과 연결되어 있고 순수함(우리 내면의 아이)을 계속 지켜줄 우리 혼의 한 부분입니다. 그것은 우리 존재의 "유모"입니다. 곧 우리의 훌륭한 본능(instincts)을 의미합니다. 진짜 왕비가 다른 존재로 대체되었다고 느끼는 부분이 바로 이 부분입니다. "유모"는 엄마를 잃은 우리 내면의 "아이"를 보호합니다.

우리는 이제 의식과 꿈의 세계를 이어주는 아주 가느다란 거미줄을 봅니다. 그 어느 옛이야기 속에도 이렇듯 훌륭하게 만들어진 정교한 거미줄은 없습니다.

꿈꾸는 의식을 지닌 유모는 밤에 엄마의 환영(幻影)을 봅니다. 엄마는 처음에는 유모가 아이와 아기 사슴을 사랑스럽게 쓰다듬는 것을 말없이 봅니다. 유모는 이 환영을 여러 번 만나게 됩니다. 마침내 유모는 엄마의 환영이 말하는 것을 듣게 되고 이 모든 것을 왕에게 전합니다. 왕은 이제 직접 보기 위해 나섭니다. **높은 나**는 본능적인 감정들에 의해서, 그리고 혼을 봄으로써 마침내 깨어납니다. 왕의 높은 의식은 왕비의 영이 말하는 것을 즉시 이해할 수 있게 해줍니다. 어머니는 자신의 아이, 즉 그들이 함께 낳은 창조물인 아이와 사슴(그녀가 돌봐야 했던 **낮은 나**)의 안부를 묻고 있습니다.

왕은 조용히 듣습니다. 모든 것에 즉시 반응하고 싶어 하는 우리의 낮은 존재와는 달리 우리의 **높은 나**는 기다릴 수 있습니다. 침묵할 수도 있고 조용히 들을 수도 있습니다. **높은 나**는 모든 것을 의식 깊은 곳에 고요히 받아들입니다.

다음날 밤 왕이 그 일을 두 번째로 겪었을 때, 그 또한 "나는 더 이상 돌아오지 않을 거예요."라는 환영(왕비)의 말을 듣습니다. 이번에는 왕이 다가가서 그녀를 껴안습니다. "당신은 진실한 나의 왕비요!"

이제 마법이 깨졌습니다. 왕이 그녀를 알아보고 말을 걸었기 때문에 왕비는 다시 살아날 수 있었습니다. 만약 우리의 **높은 나**-의식이 잃어버린 혼의 본래 모습을 인식하고 말을 건넨다면, 왕비는 다시 그 길을 되돌아와 왕비로서 왕(**높은 나**)과 함께 삶을 다스릴 수 있습니다. 혼은 마침내 악을 이겨낼 수 있는 훨씬 더 높은 의식에 도달했습니다.

왕은 이제 왕실 사람들로 하여금 사악한 계모와 외눈박이 딸을 심판하게 합니다. 외눈박이 딸은 숲으로 끌려가 야수들에게 잡아먹힙니다. 이는 인간 혼의 외눈박이[30]와 같은 성향, 그리고 인간이 본래부터 지닌 혼의 질긴 이기적 측면이 받아들여야 할 운명입니다. 결국 짐승 같은 욕망에 희생되는 것이지요. 계모는 수확한 밀에서 골라낸 잡초가 다발로 묶인 채 불에 타듯이 타버릴 것입니다.(마태복음 12 : 24-30) 이 극적인 이야기의 끝부분에서 이야기 초반에 등장했던 마녀는 재판을 받고 불 속으로 던져집니다. 영의 불꽃이 그녀를 삼켜버리는 것입니다.

마녀가 잿더미로 변하자 오빠를 얽어맸던 마법이 풀립니다. 아기 사슴은 다시 인간의 아이가 되고 누이를 만납니다. 오누이는 이제 왕과 함께 삽니다. 극단성을 야기하는 우리(마녀) 안의 끈덕진 악도 영의 불에 타

---

30 원주(原註): 어린아이들과 "양극성"에 대한 더 자세한 논의는 *The Singing, Playing Kindergarten*(Udo de Haes)의 7장을 참조하세요. 많은 옛이야기와 신화에서, 한쪽 눈만 가지고 있다는 것은 예지력을 나타냅니다. (그리스 신화의 키클롭스, 한쪽 눈으로 모든 것을 볼 수 있는 오딘, 많은 옛이야기에서의 거인들) 이 이야기에서, 외눈박이는 지상의 삶으로 가는 올바른 길을 찾지 못하고 점점 더 심한 물질주의, 그리고 점점 사악해지는 근원적 인간 혼의 연결을 암시합니다.

서 더 이상 발달할 수 없게 되었기에 우리의 짐승 같은 측면은 다시 진정한 인간이 될 수 있습니다. 그러면 우리의 혼과 정화된 **낮은 나**는 우리의 **높은 나**인 "왕"과 함께 살 수 있습니다.

이 이야기는 인류가 어떻게 위대한 발달의 길을 따라갈 수 있는지에 대해 매우 새롭고 색다른 방식으로 상을 떠올리도록 돕습니다.

5장

옛이야기 고르기와
들려주기

생명의 이야기

인류의 발달은 하나의 거대한 사건입니다. 그리고 개인은 그 사건의 현상이 빚어내는 구조 속에서 자신의 운명이라는 길을 걸으며 인류의 발달을 반영하며 살아갑니다. 마찬가지로 옛이야기도 이미지라는 고유의 언어로 인류의 발달을 반영합니다. 그리고 거대한 사건 속의 개인이 자신의 운명이라는 길을 걷듯이 각각의 옛이야기도 고유의 성격과 언어, 그리고 주제를 지니고 있습니다.

이러한 사실들로 보면, 모든 아이가 가장 좋아하는 옛이야기를 하나씩 가지고 있다는 사실이 새삼 놀랄 만한 일은 아닙니다. 인류의 발달

속에서 자신의 운명에 따라 살아가는 아이가 수많은 옛이야기 속에서 자신과 연결되는 이야기를 갈구하는 건 자연스러운 일이기 때문입니다. 실제로 아이들은 특정한 하나의 이야기를 반복해서 듣고 싶어 하며, 또 그 이야기와 함께 성장해나갑니다. 이런 의미에서 우리는 그 이야기를 "아이를 위한 생명의 이야기"라고 부를 수 있습니다.

그런데 여기서 '정말 그래도 될까?'라는 의문이 들 수도 있습니다. '한 이야기만을 반복해서 듣는 게 과연 건강한 것일까? 혹시 아이의 마음이 편협해지는 건 아닐까?'라고 말입니다.

먼저 밝혀두자면, 한 이야기를 반복해서 듣는다는 게 다른 이야기는 듣지 않음을 뜻하는 건 아닙니다. 이런저런 많은 이야기를 들려줄 수는 있겠지만 결국 항상 아이가 가장 좋아하는 이야기로 되돌아갈 수밖에 없다는 뜻이지요.

그렇다면 이 사실이 왜 그렇게 중요할까요?

아주 오랜 옛날 산과 들의 초목으로 약을 만들 때 사람들은 종종 그것들로 모든 질병을 치료할 수 있다고 말하곤 했었습니다. 결코 과장되거나 허무맹랑한 말은 아니었지요. 그렇지만 오늘날 이러한 관계들은 바뀌었습니다. 합성 화학 약품을 선호하게 된 인류는 너무나 쉽게 약초와의 연결을 잃어버렸기 때문입니다. 그럼에도 이 오래된 진실은 여전히 유효

합니다. 『당나귀 왕자』에서 논의된 것처럼 인간은 동물뿐 아니라 식물과도 관계를 맺고 있으며, 식물은 우리의 신체적 성장 및 힘의 강화와 연결되어 있습니다. 즉 인간의 장기와 인체 각각의 기능은 특정한 식물의 특성 및 삶에서도 발견되는데, 그런 특성을 통해 모든 나무와 약초가 인체의 특정한 생명과정과 연결됩니다. 그러므로 장기가 제대로 기능하지 않을 때 수액과 조직으로 치유하는 특수한 약초가 존재하는 것이지요.

신체와 생명력 사이의 이런 연관성은 어린 시절의 마음 세계와 옛이야기 세계 사이에서도 발견됩니다. 이를 조금 달리 표현하면, 어린이 마음의 건강한 관심과 발달에 특별한 영양을 보충해주는 옛이야기가 있다고 말할 수 있습니다.

음악, 멜로디, 리듬 등에 특정한 "주제"나 "동기"가 있듯이, 아이들 하나하나의 마음에도 그 자신의 발달을 지배하는 하나의 원리인 흥미 또는 충동이 있습니다. 따라서 아이들은 자신의 발달에 도움을 주는 특별한 옛이야기에 남달리 흥미를 느끼게 됩니다. 그 이야기가 바로 아이 마음의 "영양분"인 것이지요.

따라서 우리는 어떤 옛이야기가 아이들 각각의 "생명의 이야기"인지 알아야 합니다. 그런 다음 다른 여러 이야기들을 번갈아 들려줄 수도, 또다른 이야기들을 덧붙일 수도 있습니다. 우리는 어떤 이야기가 생명의 이야기인지 알아내 들려줌으로써 아이들에게 소중한 삶의 선물을 줄 수 있으며, 더 나아가 아이의 본성을 더 깊이 들여다볼 수도 있습니다. 그러려면 분명히 아이들의 건강한 흥미에만 대응해야 합니다. 자동차나 로봇에 관한 이야기는 해로울 뿐 건강한 발달을 돕지는 못합니다.

그렇다고 아이가 어떤 옛이야기를 듣고 싶어 할지 알아낼 쉬운 방법이 있는 건 아닙니다. 하지만 재치 있고 용감한 작은 재봉사에게 더 관심이 있는 아이는, 집에서 고된 일만 하는 불쌍한 신데렐라 이야기를 반복해서 들려달라는 아이와는 마음속에서 확실히 다른 "약초"를 원하는 것입니다. 이러한 흥미들을 아이 내면의 다른 자질과의 관계 속에서 발견해야 합니다. 그래야 아이들이 우리에게 말을 걸어오고, 어떤 이야기를 들려줘야 할지 결정할 수 있습니다. 덧붙여, 우리가 찾고자 하는 발달의 가능성은 아이들마다의 성격, 그리고 기질과도 연관되어 있음이 분명합니다. 이와 관련하여 이제부터는 네 가지 기질에 대해 논의해보도록 하겠습니다.[31]

옛이야기와 기질

어떤 이야기를 들려줄지 정할 때는 아이의 기질을 고려해야 합니다.

---

31 원주(原註): 기질과 생명의 이야기에서 까르마(업)의 역할에 대한 자세한 내용은 *The Singing, Playing Kindergarten*(Daniel Udo de Haes, WECAN 2015) 5장을 참조하십시오.

물론 기질은 보통 출생 후 7년이 지나야 분명해지지만, 그보다 일찍 드러나는 아이들도 많습니다. 그러므로 이야기를 들려줄 때 이 점에 주의를 기울여야 합니다.

담즙질의 아이들은 행동, 힘, 용기를 표현하는 이야기에 더 많이 열려 있습니다. 우울질의 아이들은 슬픈 이야기를 선호합니다. 다혈질의 아이들은 빠른 변화가 있는 이야기를 더 좋아하고, 점액질의 아이들은 평화롭고 나른한 이야기를 좋아합니다. 이렇듯 모든 아이는 자신의 기질에 맞는 이야기를 듣고 싶어 합니다.

그런데 아이의 기질과 동일한 기질을 나타내는 옛이야기가 오히려 아이의 기질을 강화하지는 않을까요?

아닙니다. 옛이야기 세계의 약초는 아이의 기질에 동종요법[32]처럼 작용합니다. 만약 변화가 빠른 다혈질적인 이야기를 점액질의 아이에게 들려준다면, 아이는 감동을 느끼지 않으며 심지어 들으려고도 하지 않을 것입니다. 그 아이는 자신의 점액질적 본성에 더 깊이 빠져들고 더욱 냉담해지게 됩니다. 점액질의 아이는 차분하고 정교한 이야기 속에서 편안함을 느낍니다. 즉 점액질의 아이는 이러한 이야기 속에서 내용을

---

32 동종요법(同種療法)은 환자의 병과 같은 종류의 병 또는 비슷한 병을 인위적으로 만들어 치료하는 방식을 말한다. 미량의 동종요법 약을 환자가 복용하면 자신의 병과 비슷한 병을 가볍게 앓게 되고, 동시에 치유가 시작된다고 본다.

내면화하고 기쁨과 생동감을 느끼며, 점액질적 본성을 거의 극복할 수 있습니다. 우울질적인 이야기는 우울질의 아이에게 비슷하게 작용합니다. 결국 왕자와 결혼하고 여왕이 되는 가난한 소녀의 슬픈 운명을 통해 아이는 위로와 이해를 받았다는 느낌을 갖게 됩니다. 다혈질의 아이는 여기저기로 뛰어다니는 이야기를 들으면 마음이 가라앉습니다. 그 이야기가 움직이고 싶은 아이의 욕구를 충족시켜주기 때문입니다. 담즙질의 아이는 강렬한 행동들이 가득한 이야기를 좋아합니다. 담즙질의 아이가 이러한 이야기를 듣지 못한다면 아이는 실제 세계에서 강렬한 행동에 대한 욕구를 표현해야 할 필요성을 느낄지도 모릅니다. 이야기에서의 영웅은 아이가 직감적으로 확신하는 행동을 수행하고, 아이의 마음이 이에 적극적으로 참여하며 만족감을 느낍니다.

이렇게 우리는 각각의 기질에 맞는 옛이야기들이 아이들에게 유익하다는 사실을 알게 되었습니다. 따라서 만약 어느 단체, 학교, 유치원 또는 가정에 아이들이 많다면, 아이들을 네 집단으로 나누고 차례로 자신들의 기질에 맞는 이야기를 들을 수 있도록 기회를 주는 게 좋습니다. 이런 방식으로 각 집단에 필요한 영양분과 만족감을 줄 수 있습니다. 그 과정에서 아이들은 틀림없이 기질이 다른 아이들을 위한 이야기도 듣게 될 것입니다. 그래서 더 많은 어려움이 닥칠 수도 있지만, 다른 한편으로는 아이들을 성장으로 이끄는 것일 수도 있습니다. 즉 우리가 특정한 기질 집단 또는 특정한 한 아이를 위해 고른 이야기를 모든 아이에게 들려준다면 이는 교육적으로 또는 사회적으로 바람직합니다. 결국, 모든 기질의 아이들이 자신들의 차례를 맞이하고 살며시 사회적 참여의 기회를 갖게 되는 것이기 때문입니다.

기질에 따른 옛이야기 들려주기

효과적인 들려주기는 네 기질의 건강한 통합을 촉진합니다. 앞에서 우리는 이야기를 들려주는 전반적인 방식에 대해 논의했었습니다. 그 논의에서 언급한 것처럼 과장하지 않고 이야기가 스스로 말하듯 들려줄 수 있다면, 이제 여기에 동종요법의 원리를 덧붙여 더욱 효과적으로 들려줄 수 있습니다. 우울질의 이야기는 슬프게, 담즙질의 이야기는 힘차게 들려주어야 합니다. 또 점액질의 이야기는 차분하게 들려주어야 하고, 다혈질의 이야기는 생동감 있게 들려주어야 합니다. 이런 방식으로 들려준다면 옛이야기가 아이들의 성장에 더욱 강력하게 작용할 것입니다.

어떤 이야기들은 한 가지 이상의 기질과 연결되기도 합니다. 우리는 이 이야기들을 각자의 방식으로 특정한 기질에 맞게 들려줄 수 있습니다. 『용감한 꼬마 재봉사(The Brave Little Tailor)』는 다혈질의 아이들에게 들려줄 수 있고(돌 하나로 일곱 마리 새를 잡는 부분의 경우), 또한 재봉사의 용기를 강조한다면 담즙질의 아이들에게도 들려줄 수 있습니다. 『개구리 왕자』는 개구리의 점액질과 다혈질적 본성, 그리고 후에 공주의 담즙질적인 행동을 나타냅니다. 『오누이』에서는 우울질적 요소가 분명히 있지만, 새끼 사슴의 담즙질적 측면과 다혈질적 측면도 한몫할 수 있습니다.

또한 이야기를 들려줄 때 감정과 분위기는 절대로 사실적으로 묘사되어서는 안 됩니다. 아무리 크게 화가 난 왕이라도 그의 분노는 어두운 톤의 목소리와 깊이 주름진 이마로 표현되는 "동화적인 분노"여야 합니다. 사랑하는 사람의 죽음에도 슬픔은 동화적 슬픔의 삽화로 머물러야 합니다. 아이는 왕자나 공주의 슬픔을 보고 옛이야기 속 환상 세계에 빠져들지만, 그것을 실제로 경험하지는 않습니다. 아이가 자신의 발달에 필요한 이미지의 세계에 남도록 도우려면 이 원칙은 철저히 지켜져야 합니다.

이처럼 내용만이 아니라 분위기와 감정도 한 개인의 특성을 넘어서는 이미지의 성격을 지니고 있기 때문에 옛이야기가 어떤 기질을 표현하건, 그 안에서 차분히 머무를 수 있어야 합니다. 우리는 그렇게 옛이야기의 세계에 차분히 머물면서도 동시에 빠른 변화를 표현할 수 있습니다. 즉 단어를 신중하게 선택하고 그것들에 휘둘리지 않아야 이야기의 효과를 누릴 수 있다는 뜻입니다. 이야기가 지닌 그 어떤 기질 혹은 분위기의 흔들림에도 우리는 항상 잔잔한 어조로 들려주어야 합니다.

얼마나 많이 들려주어야 할까?

옛이야기가 아이에게 얼마나 강력한 효과를 미치는지, 또 그 내용이 얼마나 깊고 즐겁게 내면화되는지를 보면 아이들에게 너무 많은 이야기들을 들려주어서는 안 된다는 사실을 직감하게 됩니다. 학급이나 한 무리의 놀이집단처럼 많은 아이에게 들려줄 때도 너무나 많은 이야기를 들려주지 않아야 합니다. 기질은 단지 네 종류뿐이라서 어떤 기질의 아이들이든 결국 자신들의 이야기를 들을 기회는 있습니다. 아주 어린 아이들(만 3~4세)에게 옛이야기의 수를 제한하는 건 특히 더 중요합니다. 이야기가 아이의 본성으로 완전히 내면화되려면 오랜 시간이 필요하기 때문입니다. 그 아이들에게는 몇 가지 이야기만 골라 반복해서 들려주는 게 가장 좋습니다. 만일 "생명의 이야기"가 발견된다면 아이들의 바람대로 더 자주 들려줄 수 있습니다. 건강한 아이들은 연결됨을 느끼는 이야기를 계속해서 듣고 싶어 합니다.

더 큰 아이들(만 5~7세)의 경우엔 좀 더 많이 들려줄 수 있습니다. 하지만 하루에 둘 이상의 이야기를 들려주어서는 안 됩니다. 혹여 우리가 둘이상의 이야기를 들려주게 되면, 잠자는 동안 하나의 이야기가 다른 이야기의 효과를 해치고, 결국엔 두 이야기 모두 아이의 마음에 스며들지 못합니다.

이 모든 것을 고려한다면, 우리는 다양한 상황 속에서 어떤 이야기를 들려주고 또 얼마나 많은 이야기를 들려주어야 하는지도 쉽게 결정할 수 있을 것입니다.

새롭고 사실적인 이야기에 대한 갈망

앞에서 말했듯이, 건강한 아이들은 계속해서 새로운 이야기를 들려달라고 조르지 않습니다. 그 아이들은 오히려 친숙한 이야기를 듣고 싶어 합니다. 이 사실은 우리가 아무리 강조해도 지나치지 않습니다.

하지만 건강하게 발달하지 않는 아이들은 다릅니다. 예를 들어, 조숙한 아이를 예로 들어보겠습니다. 이 아이는 유치원에 다닐 때 옛이야기를 실제로 들어본 적도 없고, 재미나고 활기차지만, 알맹이는 없고 아이 마음을 위한 영양분도 없는 보잘것없는 그림책만 보아왔습니다. 그런 아이가 어떻게 자신을 들뜨게 하는 새로운 이야기만을 찾지 않을 수 있을까요?

옛이야기는 그 아이에게 아무런 도움이 되지 않습니다. 아이는 내용에는 관심이 없고, 이야기가 마음에 주는 자양분에도 끌리지 않으며, 끝없는 자극에 대한 갈증을 해소하고 싶을 뿐입니다. 또 영적인 세계가 너무나 멀고, 외부 세계에 완전히 가려져 있어서, 건강한 아이들이 옛이야기를 통해 만나게 되는 "영적 기원에 대한 기억"이 그 아이에게는 더 이상 가능하지 않습니다.

대부분의 이런 아이들이 "사실적인" 이야기, 또는 사실일 수 있는 이야기들을 듣고 싶어 하는 건 당연합니다. 옛이야기 속에 표현된 이미지와의 연결이 부족한 사람들은 종종 외적 충동에 치우친 삶을 살아갑니다. 이런 사람들은 아이들의 이러한 경향이 건강한 현실의 단면을 보여준다고 생각합니다. 그들은 이처럼 외적인 것을 선호하는 아이들이 보여주는 태도가 현실에 대한 건강한 호감이 아니라, 여전히 머물러 있어야 할 영의 세계를 잃어버림으로써 이르게 되는 빈곤에 대한 호감일 뿐임을 알지 못하고 있습니다.

만약 아이가 외면적인 것에 흥미를 느끼도록 허용한다면, 아이는 남은 생애 동안 삶의 토대가 되어줄 세상을 완전히, 또 영원히 잃어버리게 될 것입니다. 그러면 아이는 아담과 이브가 추방된 것처럼 낙원에서 추방되고, 앞으로 다가올 새롭고 외적인 세계의 작고 쓸모없는 측면만을 이해할 것입니다. 곧 어린이다움이 유치함으로 변하는 것입니다.

게다가 너무 이르게 외면세계에 종속된 아이들은 유치한 방식으로 세계를 이해하며 그것으로부터 벗어나는 데 심각한 어려움을 겪습니다. 우리가 아주 어렸을 때 세상을 보던, 어쩌면 지극히 평범했던 방식을 바꾸어버리면 우리의 마음은 좁아지게 될 것입니다. 어렸을 때 옛이야기의 영적인 이미지에 마음을 열 수 있었던 사람들만이, 어른이 되었을 때 삶, 그리고 세계와 관련된 영적인 이미지의 언어가 진정 위대함을 이해할 수 있습니다.

요컨대 우리가 계속해서 새로운 이야기를 들려준다면, 특히 이 이야기들이 외적인 삶이나 "실제적인" 사건들에 대한 것이라면, 아이는 발달이 지체되고, 도리어 심각한 피해를 입을 수도 있습니다.

물론 이렇듯 사실적인 이야기에 익숙한 아이에게 어느 날 갑자기 그 이야기들을 들려주지 않을 수는 없습니다. 그렇게 한다면, 아이는 오히려 옛이야기를 더 지루하게 여기고 싫어하게 될 것입니다. 하지만 아이를 올바른 발달의 길로 차근차근 인도하면 됩니다. 세련되고 사랑 가득한 방식을 통해 아이를 잃어버린 어린 시절로 되돌려 보내야 합니다.

그렇지만 쉽지는 않습니다. 많은 인내심이 필요합니다. 그래서 몇 번 시도해보다가 포기할 수도 있습니다. 그러나 이 일이 아이의 삶을 위한 반석을 다지는 일임을 기억한다면, 어떠한 노력도 어떤 희생도 지나치다고 말할 수 없습니다.

그러면 어떻게 그 일을 해낼 수 있을까요? 먼저 아이와 주변의 환경을 동시에 살펴보아야 합니다. 물론 우리 자신은 그럴 만한 능력을 지니고 있습니다. 예를 들어보겠습니다.

하루 종일 온갖 소란과 자극을 경험하고 그것들을 내면에 간직한 채 잠들 시간이 되었을 때, 우리는 아이를 침대로 데려가 함께 시간을 보냅니다. 그리고 아늑하고 따뜻한 분위기를 만들어줍니다. 처음에 아이는 따뜻하고 조용한 이 아늑함을 참지 못할 것입니다. 벌떡 일어나 뛰어다니고, 말을 듣지 않을지도 모릅니다. 그렇지만 이런 행동에 신경을 쓰지 않아야 합니다. 그냥 고요히 아름다운 옛이야기를 들려주세요. 하지만 아주 짧은 시간이어야 합니다. 처음에는 5분, 아니 그보다 더 짧아도 좋습니다. 이야기가 다 끝나면 아이는 안도의 한숨을 쉬게 되겠지요. 괴로운 시간이 끝났으니까요.

하지만 다음날 "괴로움"은 반복됩니다. 따뜻하고 다정하게 매일 반복해서 들려주어야 합니다. 그렇게 의식처럼 매일 이야기를 들려주던 어느날, 아이는 끔찍하게 싫어했음에도 "오늘 밤에는 이야기 안 들려줘요?" 하고 당신에게 물을 것입니다. "……하지만 아버지는 아이들을 사랑했지. 그런데 왜 숲에 두고 갔을까?" 이렇듯 그저 스쳐 지나간 줄만 알았던 이야기가 사실은 아이 마음속에 새겨지고 있었음을 깨닫게 될 것입니다. 그리고 아이가 이전에 들려준 이야기를 되새기는 질문들을 할 수도 있습니다. 이처럼, 고요함과 아늑함은 아이의 마음을 스르르 녹여줍니다. 이제 진정한 아동기가 아이의 마음속에서 펼쳐지기 시작하는 거지요.

또 이야기를 한자리에서 모두 들려주지 않는 게 좋습니다. 다음 부분은 뒷날을 위해 남겨두고 며칠에 걸쳐 나누어 들려주세요. 아이는 이제 이야기에 너무 익숙해져서 듣지 않고는 아무것도 할 수 없기에 이런 방식은 아이에게 어느 정도의 긴장감을 줍니다. 나중에 이 작업을 다르게 시도할 수 있습니다.

이 치유의 과정에서 밤은 우리에게 가장 훌륭한 협력자입니다. 밤에는 아이의 저항 없이 계속해서 이야기를 들려줄 수 있습니다. 우리는 이 효과를 매우 깊이 의식해야 합니다.

며칠 또는 몇 주가 지난 후, 하루에 15분 또는 30분 시간을 내서 아이가 옛이야기를 그려볼 수 있도록 해보세요. 이때 필요하다면 아이와 함께해도 좋습니다만, 건강한 아이들은 스스로 그림을 그립니다. 아이들은 이제 우리 어른들이 그릴 수 없는 것을 자신들의 경험과 상상 속에서 끌어내어 그릴 수 있습니다. 이때 어른이 함께 그림을 그리면, 아이는 항상 흉내만 내려고 해서 틀림없이 어른의 외면적인 방식의 그림에 영향을 받을 것입니다. 아이의 상상력에 해가 되는 방법입니다. 외적인 경험에 빠져든 예민하고 지적으로 깨어난 아이가 그림으로 자신을 표현하기는 매우 어렵습니다. 이때 함께 놀던 다른 아이들과 함께 그리게 한다면, 아이는 좀 더 편하게 그림을 그릴 수 있을 것입니다. 아이가 혼자라면, 처음에는 어른이 함께 그려야 합니다. 그렇지만 아이가 혼자 그림을 그릴 수 있게 되면 잃어버린 상상력의 일부분이 돌아올 거라고 기대할 수 있습니다. 아이와 함께할 때 꼭 그림을 잘 그려야 할 필요는 없습니다. 가장 중요한 건 친근하게 아이에게 다가가 고요와 평화와 헌신이 함께 하도록 하는 것이고 그러는 사이 옛이야기와 그리고 그것이 그려내고자 하는 무언가가 아이에게 깊이 스며들 것입니다.[33]

---

33 원주(原註): 아이가 이야기를 들은 후에 곧바로 그림을 그리거나 색을 칠하지 않도록 해야 합니다. 듣기, 특히 옛이야기를 듣는 것은 깊고 고요한 내면화를 요구합니다. 옛이야기를

저의 조언을 잘 받아들이고 포기하지만 않는다면, 잃어버렸던 옛이야기의 세계와 어린아이의 세계가 다시 연결될 수 있을 것입니다. 그렇게 될 때까지 천천히, 조용히, 그리고 큰 인내심과 사랑으로 지속하는 게 정말 중요합니다. 만약 아이가 옛이야기를 듣기에 너무 많은 나이라면, 셀마 라게를뢰프(Selma Lagerlöf)의 『닐스의 모험(Adventures of Nils)』이나 『피노키오(Pinocchio)』 또는 연령에 맞는 다른 책을 생각해보세요.

이미 말했듯이, 우리는 아이들마다 다른 길을 찾고 그 길에 따라야 합니다. 어떤 길을 따라가든, 잃어버렸지만 여전히 아이 안에 깊이 숨겨져 있는 무언가가 아이의 새로운 삶에 자리 잡게 될 것입니다.("옛이야기를 거부하는 아이들"(2장) 참조) 이 일들은 많은 시간과 고요함을 필요로 합니다. 그렇지만 현대 사회는 그것들이 충분히 마련돼 있지 않습니다. 오늘날의 기술로 시간을 절약할수록, 우리에게 꼭 필요한 시간은 점점 더 줄어듭니다. 자녀와 함께 보내는 시간은 더더욱 그렇지요. 반면에 점점 더 많은 아이가 여유로운 시간과 고요함을 필요로 하며, 이 때문에 우리는 더욱 괴롭습니다. 이 상황을 벗어날 유일한 방법은 우리가 시간을 내어 고요한 환경을 조성하며 사랑으로 아이들과 함께 지내는 것입니다.

들은 아이에게는 확장의 기회가 주어져야 하는데, 즉시 무언가 해야 한다는 요구를 받게 되면 내면화 과정은 손상됩니다. 즉 내면을 향한 듣기 경험이 외적 표현을 요구받는 것이지요. 이런 경험은 아이에게 혼란스럽고 부자연스러운 경험입니다.

더 어린아이들(3, 4세)[34]을 위한 행복한 이야기

앞에서 우리는 어린아이들에게 너무 많은 이야기들을 들려주지 않는 게 좋다고 말했었지요. 아이가 어릴수록 옛이야기의 경험과 효과는 더 깊게 배어듭니다. 따라서 우리가 너무 많은 이야기를 들려준다면 아이들의 내적 평화를 빼앗게 될 것입니다. 이미지들이 서로 다투기 때문입니다.

같은 이유로, 어린아이들을 위해 짧고 단순한 이야기를 고르는 게 중요합니다. 두꺼비와 친구가 된 아이에 대한 이야기가 좋은 예입니다. 아이의 어머니는 딸과 두꺼비가 친구가 된 것을 알고, 너무나 징그러운 나머지 두꺼비를 죽이게 되었습니다. 그러자 아이도 시름시름 앓다가 죽습니다. 이렇듯 간단한 이야기가 좋습니다. 하지만 여기에서 『홀레 할머니』에서처럼, 결말을 긍정적으로 바꾸는 게 중요합니다. 가령 아이는 죽지 않고 불쌍한 두꺼비를 위해 무덤을 만들어놓고는 매일매일 찾아가는 거지요. 아이는 점점 더 큰 슬픔을 느끼고 불행해집니다. 어머니는 아이가 죽을지도 모른다는 생각에 크게 걱정합니다. 그러던 어느 날, 아이가 무덤 위에서 눈물을 흘리자 땅이 열리고 두꺼비가 다시 살아나는데, 다시 살아난 건 두꺼비가 아니라 아름다운 왕자입니다. 그 후로 그들은 결혼해서 행복하게 살게 됩니다.

---

34 더 어린아이들은 만 3, 4세 정도의 아이를 지칭한다.

한 가지 덧붙이자면, 옛이야기에서 사용하는 어려운 말들을 피하지 말아야 합니다. 그 말들의 문자적 의미를 모른다고 하더라도, 더 어린아이들은 소리의 신비를 깊이 느낄 수 있습니다. 그러므로 오직 지적인 이해로 향하는 설명을 하지 말아야 합니다. 그것들은 말이 전하는 신비를 경험할 수 없게 만들기 때문입니다. 이해는 나중에 찾아올 것입니다.("소리는 내용을 실어나른다" 참고)

또 긍정적인 결말은 진실에 부합합니다. 만약 혼이 유치원 시기 이후, 특히 사춘기 즈음에 출생 전 세계와의 연결을 잃는다면 어떻게 될까요? 출생 전 세계에서 인간을 둘러싼 요소는 "물"이었고, 이야기에서 두꺼비는 그 속에서 살던 인간의 모습을 상징합니다. 그 두꺼비와의 연결고리를 잃게 되면, 아이의 혼은 서서히 사그라들 것입니다. 두꺼비가 죽은 것은 아이에게서 옛 모습의 영적 세계가 죽은 것입니다. 그러면 아이의 혼도 야위어갈 것입니다. 하지만 만약 아이가 자신의 오랜 친구(영적 세계)에게 진실하게 남는다면, 완전히 새로운 모습으로 다시 일어날 수 있습니다.

우리는 또한 앞에서 제안했던 옛이야기의 결말의 변화가 실제로 유아기의 세계에서 이루어지길 진심으로 소망합니다. 이 작은 아이는 지상의 세계와 출생 전의 영의 세계라는 두 세계에 동시에 살고 있습니다. 이 자연스러운 "양면성"이 우리가 사는 현대적 삶의 방식 때문에 사라지지는 않겠지만 위협을 받고 있는 건 분명합니다.[35] 아이 내면의 "두꺼비", 즉 "두 세계에 걸쳐 살고 있는 양서류"가 유아기의 진정한 본성을 잃으면서 죽어가는 것이지요. 그러므로 이제 우리 모두는 어린아이의 참된 본질이 무엇인지 진정으로 깨닫고 이 치명적인 발달을 멈추어 유익한 결말로 바꿀 수 있어야 합니다.

그렇다면 왜 행복한 결말이 더 좋을까요?

무엇보다도, 부정적이고 불행한 결말은 아이의 내면에 무력감을 불러옵니다. 이 효과는 발달에 짐이 되고 심지어 장기 형성에 영향을 줄 수도 있습니다. 행복한 결말은 그의 온전한 존재에 부합하는 긍정적인 영향을 미칩니다.

한 가지 더 덧붙이겠습니다. 어린아이들은 태어나기 전부터 인류 전체의 발달과 깊이 연결되어 있습니다. 그래서 대부분의 옛이야기는 인류와 세계의 온전한 발달을 빛나는 결말을 통해 모두 담아내고자 합니다. 이로써 어린아이는 지상에서 여전히 자신이 지니고 있는 세계의 완전성을 재발견할 수 있습니다. 그리고 더 나아가 아이의 마음은 옛이야기와 지상의 삶을 긍정적으로 바라보게 됩니다. 아시다시피, 어린아이

---

35 원주(原註): 1951년부터 1986년까지 *Vrij Geestesleven*(Free Spiritual Life, 자유로운 영적 삶)의 *Zonnegeheimen*(Sun Secrets, 태양의 비밀) 시리즈에 실린 저의 이야기는 학교에서의 경험을 통한 영감이 밑바탕이 되었기에 학교 아이들에게 적합할 것입니다. 그 책들은 또한 몇몇 옛이야기들과 유아기의 아이들에게 적합한 노래들을 담고 있습니다.

들은 내면에서 사물의 완전성을 발견합니다. 만약 옛이야기가 인간의 온전한 발달에 대해 말하지 않고 불행하게 끝난다면, 이는 어린아이에게 "세상 모든 것은 잘못되었다!"라고 말하는 격입니다. 이것이 아이의 발달에 얼마나 파괴적일지 생각해보세요. 우리 어른들도 그런 결말을 참을 수 없습니다. 희망의 빛이 보이지 않는다면 왜 신이 세상을 창조하고 인류를 타락의 길에 들어서게 했을까요? 그렇게 되면 모든 세상이 무의미해집니다. 아직 부분적으로 영의 세계에 살고 있는 어린아이도 마찬가지입니다. 어둠 속에 갇히면 그 의미에서의 창조는 완전히 사라집니다. 만약 우리가 어린아이에게 어두운 결말을 들려준다면, 아이의 남은 인생 동안 살아갈 삶의 기반이 빈약해집니다.

그래서 우리는 옛이야기의 원전을 바꾸더라도, 어린아이들에게 긍정적인 결말을 들려주어야 합니다. 새로운 결말이 의미를 지니는지, 재미있는지를 꼭 확인하면서 말이죠.

그럼 첫 번째 질문으로 돌아가 보겠습니다. 어린아이들에게 어떤 이야기를 선택해서 들려주어야 할까요? 옛이야기는 짧고 단순하고 깊은 의미를 지녀야 하며, 지적인 이해를 필요로 하는 것이어서는 안 됩니다. 고양이의 계략처럼 사고의 힘이 필요한 『장화 신은 고양이(Puss in Boots)』 같은 이야기는 어린아이에게는 바람직하지 않습니다. 어린아이들에게 사고의 힘이 요구되는 계략, 요령 같은 것들은 들려주어서는 안 되며, 사고보다는 의지 요소가 강한 옛이야기를 들려주어야 합니다. 그렇지만 반대로 이야기의 특징이 초보적이고 평범해야 한다고 생각해서도 안 됩니다. 이야기의 상들은 단순함 속에서 매우 웅장하고 진실하여 마음의 가장 깊은 곳, 즉 의지의 기원에 영향을 주어야 합니다. 『늑대와 일곱 마리의 새끼 염소(The Wolf and the Seven Young Goats)』가 완벽한 예입니다.

그림 형제가 쓴 짧고 단순한 많은 이야기들이 여러분이 돌보는 서너 살짜리 아이들에게 좋습니다.

더 큰 아이들(5~7세)[36]을 위한 옛이야기

더 큰 아이들은 더 길고 복잡한 이야기를 더 재미있어 합니다. 그들은 더 정교한 이야기에 쉽게 빠져듭니다. 이제 우리는 그림 형제의 『두 형제』,『생명의 물(The Water of Life)』,『충성스러운 요하네스(Faithful John)』 등과 같은 긴 이야기를 선택할 수 있습니다. 이 이야기들은 어린아이들에게는 너무 어렵습니다. 좀 더 주관적인 느낌뿐만 아니라 사고와 이해도 중요한 역할을 하기 시작하기 때문입니다.

36　여기서 '더 큰 아이들(older children)'은 이 책에서 초점을 맞춘 어린아이(3~7세) 중에서 상대적으로 더 큰 아이들(5~7세)을 가리킨다.

사고 요소가 스민 '재치'나 '기술' 같은 것들이 좀 더 중요해집니다. 우리 모두는 대여섯 살의 아이들이 굳은 의지와 민첩함으로 우둔한 거인을 쓰러뜨린 『엄지동자』와 같은 작은 영웅들을 얼마나 좋아하는지 알고 있습니다. 이 아이들은 작고 "영리한 영웅"(때때로 "작은 악당")으로 의인화된 지성이 지금까지 꿈꾸듯이 이끌려왔던 숨겨진 신체적 힘("우둔한 거인")을 대체해야 하는 나이에 다다랐습니다. 아이들은 수 세기 전 인류가 그랬던 것처럼 변화의 시기를 거치고 있습니다. 사고가 본능 및 다른 자연적인 충동을 주도하기 시작하는 것이지요.

그림 형제의 『용감한 꼬마 재봉사』는 깨어나는 지성의 완벽한 상을 보여줍니다. 이야기에서 꼬마 재봉사는 날카로운 바늘을 가지고 다니며 그 누구보다 영리해서 심지어 숲에 사는 "거인"(자연의 힘)을 능가할 정도지요. 이 변화의 시기에 있는 아이들은 항상 이 이야기를 좋아합니다.

또한 지금 이 아이들에게 이런 영양분을 주는 것은 좋습니다. 특정 능력은 삶의 각 단계에서 발달되어야 하며 각각의 능력은 해당되는 시기에 잘 발달될 수 있도록 지지되어야 합니다. 따라서 아이들이 대여섯 살 때, 사고 그 자체(물론 아이다운 수준에서)와 영리함, 재빠른 기지처럼 사고와 관련된 모든 것이 장려되어야 합니다.

용기, 인내, 충성, 사랑 같은 다른 미덕들은 이제 모두 약간의 사고를 포함합니다. 모든 삶의 작용에 사고가 스며듭니다. 모든 감정과 행동들이 좀 더 의식되기 시작합니다. 심지어 유머도 달라집니다. 유머는 어린아이들에게도 중요했지만, 아직 지성이 담기지는 않았고, "귀여움"에 좀 더 가까웠습니다. 이제 유머는 "재미"가 됩니다. 앞에서 언급된 『영리한 그레텔』이나 『장화 신은 고양이』는 그것들 각각이 지닌 특징의 차이는 있지만 모두 영리한 장난과 유머로 가득 차 있습니다. 두 이야기는 심지어 진실보다 영리함을 칭송하기도 하는데, 이는 우리가 앞서 논의했던 바와 같으며, 이 시기에는 완전히 옳은 일입니다.("옛이야기와 우화의 도덕에 대하여"(3장) 참조)

이 논의는 한스 크리스티안 안데르센을 떠오르게 합니다. 그의 역설적이고 때로는 풍자적인 유머는 너무 미묘해서 종종 어른이 되어서야 비로소 알아차릴 수 있습니다. 이렇듯 안데르센의 정교함이 그 자신을 위대한 이야기꾼으로 만들었겠지요. 하지만 그보다 더 중요한 건 그가 위대한 진리를 드러내 주는 이야기꾼이었다는 사실입니다. 그가 만들어 낸 찬란한 분위기의 이야기는 아주 오래전부터 전해져 오는 옛이야기와 비슷하며, 이는 아무나 해낼 수 없는 위대한 업적입니다.

그렇게, 우리는 어린아이들보다 어른들이 잘 알 수 있는 영역에 이르렀습니다. 하지만 우리는 아이와 어른 사이의 발달 차이가 여전히 크다는 것을 결코 잊어서는 안 됩니다.

우리는 이제 어떤 이야기를 어느 시기의 아이들에게 들려주는 것이 좋은지에 대해 바르게 판단할 수 있어야 합니다.

옛이야기를 들려주기 위한 준비

옛이야기를 들려준 적이 있는 사람이라면 누구나 이야기를 들려준다는 것이 실지로는 이야기를 재창조하는 것임을 알고 있지요. 특히 듣는 이들의 기질 같은 다양한 요소들을 염두에 둔다면 더욱 그렇습니다. 우리는 자유롭게 창조할 수 있어야 합니다. 물론 우리가 이야기를 잘 알고 있으며, 단지 읽어주는 게 아니라 들려줄 때만 가능한 일입니다. 오늘날의 사람들에게는 매우 어려운 일이지요. 아무도 준비할 시간을 충분히 가질 수 없고 또 스스로도 가능하다고 여기지 않기 때문입니다.

만약 정말로 준비할 시간이 없다면, 안 하는 것보다는 읽어주는 게 더 낫겠지요. 그런데 읽어주기가 매우 생동감 있고 그 자체로도 많은 가치가 있는 건 맞지만, 아이들 각각의 특별한 기질에 다가가서 이야기를 충분히 감상할 수 있도록 하는 유일한 방법은 들려주는 것입니다. 우선, 여러분은 음색과 낱말, 움직임 등 내용이 전달될 수 있는 방법을 자유롭게 선택할 수 있습니다. 이야기는 들려주는 사람을 통해서만 재창조될 수 있습니다.

나아가, 옛이야기에 깊은 경의를 갖고 자유롭고 창의적으로 들려줌으로써 이야기와 친밀한 관계를 형성하게 되는데, 이는 생동감 있고 효과적인 들려주기를 위한 전제 조건입니다. 충분한 시간이 필요하며, 되도록 여러 날에 걸쳐 준비하는 게 가장 좋습니다.

옛이야기를 들려주어야 하는 더 깊은 이유가 있습니다. 낯설게 보이기도 또 당연해 보이기도 하지만, 짚고 넘어가지 않을 수 없습니다. 밤에 잠이 들면, 우리는 낮의 의식을 남겨두고 떠납니다. 우리의 "자아(I)"와 혼의 일부가 몸에서 물러납니다. 물론 사라지는 건 아닙니다. 그들은 고향인 영의 세계로 넘어갑니다. 하지만 이야기를 내면화하고 표현하려는 노력에 더하여, 낮에 함께했던 중요한 내적 삶의 과업들은 영계에 매우 중요하게 남아 있습니다. 이 세계에서 모든 문제가 해결된다는 게 아니라 우리를 돕는 영적인 힘에 의해 더욱 풍부해지고 넓어진다는 의미에서 과업은 "성장"하고 선명해집니다. 비록 그 과업이 꿈에 나타나지는 않더라도 우리는 완전히 그 과업들에 물들어 있으며, 그 가장 깊은 본질과 연결되어 있습니다. 우리가 깨어났을 때, 그 과업을 보는 우리의 시야는 어제보다 훨씬 더 넓어져 있을 것입니다. 과업은 새롭고 훨씬 더 웅장한 특징을 지닐 것입니다. 우리는 그것이 어디서 왔는지 전혀 모르기 때문에 놀랄지도 모릅니다. 그렇지만 이것들은 밤 동안 영들이 우리에게 주는 선물입니다.

영의 언어를 이해하게 되면 우리는 『홀레 할머니』에 나오는 "부지런한 소녀"와 똑같은 경험을 하게 됩니다. 낮에 그렇듯 부지런했던 우리의 혼은(이 경우에는 이야기를 준비하면서) 밤엔 홀레 할머니의 영의 세계로 들어 갑니다.

그곳에서 우리의 혼은 낮의 경험과 미래의 소망으로 가득 차 있습니다. 홀레 할머니는 이를 축복하고 마음에 황금비를 내려줍니다. 이 황금은 우리와 늘 함께하며 다음날 그 황금의 빛이 우리가 마음을 내주는 모든 사람에게 쏟아질 것입니다.

밤마다 영적인 도움과 영감이 우리가 하는 모든 일을 위해 생겨날 것입니다. 우리는 이러한 힘들에 혼의 문을 여는 법을 배울 수 있습니다.

『홀레 할머니』에서의 '눈'은 부지런함으로 우리가 무엇을 이룰 수 있는지 보여줍니다. 밤에 우리는 "눈꽃"의 원천을 찾아갑니다. 그 눈꽃은 영계에서 인간세계로 흩날려 내려오는 좋은 생각과 충동들입니다. 다음날, 우리가 옛이야기를 들려주려고 아이들과 마주 앉았을 때, 들려주는 내내 계속해서 "눈"이 내릴 것입니다. 이야기가 아이들에게 잘 스며들도록 끝없이 떠오르는 좋은 생각, 멋진 말과 몸짓, 표정과 같은 "눈" 말입니다. 우리는 이에 대해 홀레 할머니에게 고마워하고 아이들에게 우리의 과업을 다한 후, 밤에 만난 영적인 힘들에 감사할 수 있습니다.

만약 우리가 적어도 하룻밤을 준비하지 않는다면, 눈은 내리지 않을 것입니다. 그렇다고 준비 없이 덜컥 이야기를 들려준다면 그것은 더 나뽑니다.

그럼에도 준비가 어려운 상황이 있을 수 있습니다. 그때는 그저 앞에서 했던 말을 반복할 수 있을 뿐입니다. 준비되지 않았더라도 이야기를 들려주는 게 안 들려주는 것보다는 낫다고 말입니다.

소리는 내용을 실어 나른다

아이들에게 옛이야기를 들려줄 때마다 반복해서 발견하게 되는 특이점이 있습니다. 아이들은 매번 똑같은 말로 이야기를 듣고 싶어 한다는 것입니다. 늑대 얘기를 하면서 한번 "턱"이라고 말하고 나면, 이후에 그것을 "입"으로 고쳐 말할 수 없습니다. 혹여 새로운 말로 바꾸게 되면, 아이들이 즉시 고쳐 말해줄 것입니다.

흥미로운 일이지만 또한 우리는 그 사실의 중요성도 알아야 합니다. 그 사실은 아이들이 여전히 말의 기원에 얼마나 가까운지를 우리에게 보여주기 때문입니다.

시적 본성을 거의 잃어버린 어른들은 낱말이 기원한 '소리'가 아니라 의미를 듣습니다. 그래서 어른들은 "턱"과 "입"을 거의 같은 뜻으로 받아들이지요. 그런데 어린이들, 특히 더 어린아이들은 완전히 다릅니다.

아이들이 이야기에 나오는 "틱"이라는 낱말을 처음 들으면, 그것은 아이들에게 의미 없는 소리의 집합체일 뿐입니다. 그저 "신비로운 소리"일 뿐이죠. 그런데 신기하게도 아이들은 이를 통해 이야기의 의미를 깨닫습니다. 그러니 어떻게 우리가 완전히 다른 소리들로 이루어진 다른 낱말로 바꾸어 말할 수 있을까요?

의미의 세계보다 훨씬 더 강렬한 이 소리 세계와의 강한 연결은 이 시기의 아이들에게 건강하고 자연스러우며, 발달에 이롭기 때문에 한 이야기 안에서는 일정한 낱말과 소리를 유지해야 합니다. 이 소리들은 이야기의 내용을 담고 있습니다.

이야기 해설을 삼가라

한 가지 더 분명히 해두어야 할 것은 옛이야기의 배경이나 숨겨진 의미를 아이들에게 절대로 말해주어서는 안 된다는 것입니다. 왜냐하면 첫째로, 그들은 그러한 설명에 열려 있지 않습니다.(3장 "왜 개념이 아닌 은유인가?" 참조) 어린아이들은 이해하지 못합니다. 만약 우리가 이 이야기를 설명하려고 노력한다면, 아이들의 사고가 일찍 깨어나기 때문에 오히려 해롭습니다. 아이들은 상을 떠올리는 경험과 상상력의 많은 부분을 잃어버리게 되고, 결국 그들의 발달에 영향을 미칠 것입니다. 반대로 아이들이 몰라야 하는 만큼이나 어른들이 옛이야기의 배경과 본질에 대해 아는 것은 중요합니다. 그래서 어린아이와 옛이야기에 대해 말하는 이 책은 아이들이 아니라 어른들을 위한 책임이 분명합니다. 이 책의 내용을 아이들에게 말하지 않도록 주의하세요. 이 내용들은 이 책을 읽은 독자가 관념과 이상, 그리고 행위로써 아이들에게 전할 때만 가치가 있습니다.

설교를 삼가라

많은 사람들은 옛이야기를 도덕적인 교훈으로 이용하고 싶어 합니다. 예를 들어, 『성모 마리아의 아이(Mary's Child)』(Jacob Grimm)에서, 소녀는 금지된 열세 번째 문을 열고는 열지 않았다고 거짓말을 합니다. 그래서 소녀는 천국의 집에서 떠나야 하는 벌을 받습니다. 우리는 이 이야기를 들려주고는 손가락을 흔들며 "정직하지 않으면 무슨 일이 일어나는지 보세요?"라고 말할 수도 있습니다. 그러나 우리가 이렇게 한다면, 옛이야기 속 거짓말은 우리 일상에서의 거짓말과는 완전히 다르다는 사실을 놓치게 되는 것입니다. 소녀는 열두 개의 문을 열고 사도를 보았고, 열세 번째 문을 열었을 때는 전에는 보지 못했던 삼위일체를 보게 되었습니다. 우리는 또한 이것을 선악과를 먹는 또 다른 상으로 볼 수도 있습니다. 그 후에 우리는 낙원을 떠나야만 했었지요. 옛이야기는 우리가 그것을 하나의 이미지가 아니라 외적 현실인 일상의 수준에서 바라본다면, 특히 모든 사소한 죄 하나하나가 더 큰 인류 드라마의 한 부분이라면 그 의미가 완전히 축소되는 것입니다. 만약 아이가 열세 번째 천국의 문을 여는 것과 자신의 거짓말을 연결한다면, 그 아이는 이후의 삶에서 이 거대한 사건을 진실한 차원에서 경험할 수 있는 가능성을 잃을 수 있습니다.

우리는 이미 옛이야기의 도덕은 일상생활을 훌쩍 뛰어 넘어선다고 말했었습니다. 그러므로 그것은 모든 인류뿐만 아니라 어린이에게도 멋진 가능성을 제공합니다. 옛이야기를 도덕적 각성제로 사용한다면 이런 가능성은 사라지게 됩니다.

삽화가 있는 옛이야기의 선택

옛이야기에 삽화가 필요할까요? 좋은 질문입니다. 만약 여유를 갖고 고요하게 옛이야기를 들려준다면, 가장 멋지고 활기찬 상이 아이의 마음에 저절로 생겨날 것입니다. 이러한 상을 통해 아이는 태어나기 전 세계의 고요한 깊이를 다시 느낄 수 있습니다. 하지만 아이는 듣는 것뿐만 아니라 보는 것에서도 영적인 기원에 대한 꿈같은 경험을 할 수 있습니다. 그로 인해 경험은 훨씬 더 생생해지고, 아이의 남은 생애 동안 헤아릴 수 없는 가치들이 만들어집니다.

하지만 전제 조건이 있습니다. 삽화에서는 이야기 자체가 창조하는 영적 기원뿐만 아니라 이야기를 들려주는 사람이 창조하려고 하는 것과 동일한 느낌이 흘러넘쳐야 합니다.

저는 개인적으로 어렸을 때 귀스타브 도레(Gustave Doré)에 의해 그려진 『엄지동자』와 『빨간 모자』의 삽화가 저에게 준 강렬한 경험을 기억합니다. 루트비히 리히터(Ludwig Richter), 아서 래컴(Arther Rackham), 에드먼드 뒬락(Edmund Dulac)의 삽화 또한 많은 것들을 우리에게 전달합니다.

오늘날, 우리는 삽화를 고를 때 매우 신중해야 합니다. 훌륭한 삽화 작가들이 많지만, 어디에서 옛이야기 분위기를 느낄 수 있습니까? 우리는 그것을 찾아야 합니다. 마치 건초더미에서 바늘 찾기처럼요. 예를 들어, 안톤 피에크(Anton Pieck)는 옛이야기를 들을 때 낭만적인 어른들의 경험을 능숙하게 묘사하지만, 어린 시절의 비밀스러운 세계에 접근하지는 못합니다. 그리고 리 크라머(Rie Cramer)의 어린 시절에 대한 자신의 시를 묘사한 "좋은 그림들"이 있습니다. 둘 다 "달콤한 일상"이라는 귀여운 묘사 뒤에 공허함을 숨기고 아이의 더 높은 기원은 허위라고 말하고 있습니다. 마지막으로 우리에겐 "재미있고" 잘 그려진 현대 동화 삽화가 있습니다. 월트 디즈니는 우리에게 (아이들의 높고 영적인 세계를 보여줘야 하는) 동화적인 왕들과 빨간 술고래들의 코를 가진 잘못된 재담꾼들을 나타내는 작은 땅속 요정들, 왕자들, 공주들, 기괴하게 일그러진 눈을 가진 다른 영웅들, 그리고 광대 같은 비웃음을 가진 동물들을 보여줍니다.

이 값비싼 책들(싸구려 책들은 말할 필요도 없지요.)에서 우리는 더 높은 출생 전 세계에 대해 우스꽝스럽고 저질스런 방식으로 말하려는 동화를 발견합니다. 이 길을 따르지 않는 동화 삽화가들이 있어서 다행입니다. 리 라인데르스마(Rie Reindersma)와 같은 몇몇 사람들은 또한 이 이야기를 진지하게 받아들입니다. 하지만 저는 우리에게 옛이야기의 세계를 완전히 열어주는 현대 삽화가를 알지 못합니다.

우리를 유혹하는 또 다른 예술 형태는 추상 또는 비구상적인 예술입니다. 이 예술은 색, 빛과 어둠, 형태, 선과 비율만 볼 수 있어 구상적 감각 세계 경험이 촉발되지 않기 때문에 어른들에게는 매우 중요할 수 있습니다. 하지만 이런 종류의 작품은 어린 시절의 옛이야기 경험에 속하지 않습니다. 어린아이는 비구상적이고 영적인 세계에서 구상적인 지상 세계로 이행하는 변화의 단계에 있습니다. 지상의 사물 속에서 살아 있는 영을 인식하는 것이 아이의 "과제"입니다. 옛이야기는 아이가 이 일을 하는 데 도움을 줍니다. 옛이야기는 성격과 행동으로 영과 영의 발달을 구상적으로 묘사하고, 어린아이를 우리의 구체적인 상의 세계로 인도합니다. 추상적이거나 비구상적인 예술은 어린아이를 이끄는 빛이 되어야 할 감각 세계의 형태와 외양을 파괴합니다. 그렇게 된다면 그러한 빛도 없이 아이는 어떻게 길을 찾을 수 있을까요? 그럼에도 불구하고 어린아이들은 직접적인 색과 형태 경험에 개방적입니다. 그러나 구상적인 상에 대한 삽화를 의미할 때는 그렇지 않습니다.

또 다른 흥미로운 창작물은 팝업북 형태의 책인데, 이런 책에서는 어떤 입체적인 인물들이 튀어나와 3차원적인 효과를 만들어냅니다. 이것은 우리 어른들이 매우 좋아하는 사실적 수준의 장면을 만들어냅니다. 어린아이는 이것을 어떻게 볼까요?

아직까지 존재하는 영의 세계와의 상상적인 연결을 깨우는 평면의 그림들이 이제는 입체적으로 튀어나오고, 꿈꾸는 듯한 영적 체험은 외적인 감각 경험으로 바뀝니다. 어린아이는 영적인 기원으로부터 소외되고 외적인 경험에 의해 방해를 받게 됩니다. 아이는 어린아이 시기의 꿈이 찢겨지고 그림책의 입체 인물처럼 차가운 세계로 던져집니다. 아이는 나이가 들 때까지 하지 않아야 하는 일들을 강요받게 됩니다. 이 작은 상황이 아이의 발달을 심각하게 박탈할 수 있습니다.

삽화가가 옛이야기를 말하는 사람들만큼 전통에 얽매이지 않는다는 점은 이해될 수 있습니다. 그러나 이 점이 어린아이들에게 삽화가 있는 옛이야기를 보여줄 때 주의해야 할 특별한 이유가 됩니다. 삽화가의 예술에서 옛이야기 세계와의 새로운 연결이 곧 이루어지길 기대합니다.

과감하게 실수하기

옛이야기를 들으며 자라지 않은 사람들은 이 책에 포함된 모든 조언이 당혹스러웠을지도 모릅니다. 그렇게 느껴진다면 그냥 놓아두고 계속 읽어주세요. 우리는 모든 것을 기억할 수도, 생각할 수도 없으며, 이야기를 읽으면서 기억해야 할 모든 것을 생각하다 보면, 분명히 잘되지 않을 것입니다. 내면의 평화가 가장 중요합니다! 부담을 느껴서 안 들려주는 것보다는 잘못된 방식으로라도 확신을 지니고 편안하게 들려주는 게 더 낫습니다. 완벽하게 들려주는 것보다 긍정적이며 생동하는 것을 주는 것이 더 중요합니다. 완벽한 것이 반드시 살아 있는 것은 아닙니다. "교사는 실수를 두려워하지 말아야 합니다!" 루돌프 슈타이너는 발도르프학교 교사들에게 이렇게 말한 적이 있습니다. 이 말을 모든 교육자뿐만 아니라 모든 부모도 기억해야 합니다. 우리가 옛이야기를 듣거나 아이들에게 들려주게 되면, 질문이 꼬리를 물고 계속 생겨날 것이고 이때 우리는 읽거나 혹은 들었던 조언들을 점점 더 의식할 수 있을 것입니다. 우리는 행함으로써 배울 것이고, 그럴 때마다 점점 더 나아질 것입니다.

이 책은 일을 시작하기 전에 꿰고 있어야 할 교과서가 아닙니다. 저는 옛이야기에 관한 한, 들려주면서 배우는 것이 가장 좋다고 생각합니다. 이 책에 나오는 말이, 당신이 나아가는 길의 동반자가 될 수 있다면 정말 고마운 일입니다.

맺는말

최근 수십 년 동안 옛이야기와 그 기원에 대한 관심이 점점 많아졌고 조금씩 더 많은 사람들이 "옛이야기의 해석(Märchendeutungen)"에 관심을 쏟기 시작했지요. 저는 이런 현상을 매우 바람직하게 보고 있습니다만, 다른 한편으로 그 관심이 표현되는 방식에 매우 큰 위험이 도사리고 있음을 염려하고 있습니다.

아주 옛날의 할머니들은 매일매일 아이들에게 옛이야기를 들려주곤 했습니다. 그 할머니들은 이미 세속적인 물질주의와 어느 정도 거리를 두고 있었고, 그 자신들도 아이가 방금 떠나온 영의 세계에 서서히 다가가고 있음을 알고 있던 분들이었지요. 이 할머니들은 옛이야기를 통해 영계로부터 생생하게 전해져 오는 요구를 혼의 동반자인 아이들에게 전할 수 있는 능력을 지닌 축복받은 존재들이었습니다.

오늘날에는 그런 할머니들이 많지 않습니다. 요즘의 할머니들도 다른 이들처럼 다급한 일상적인 문제에 얽혀 있고, 삶의 시작과 긴밀히 연결된 그 끝을 관조하는 일은 이제 철 지난 유행이 되었습니다. 따라서 노년에 아이들에게 옛이야기를 들려주던 자연스러운 능력을 이제는 잃어버린 것이지요.

우리는 이제 많은 이들이 할아버지 할머니, 어린아이들, 그리고 옛이야기 사이에 존재했던 자연스러운 연결 대신에, 이야기의 배경을 연구하는 일에 더 관심을 쏟고 있음을 알고 있습니다. 옛이야기에 대한 연구가 옛이야기 속에 살아 숨 쉬는 영에 대한, 그리고 동시에 어린아이의 세계에 대한 적극적인 탐구를 의미한다면 매우 고무적인 일입니다. 그 연구가 진정 건강하고 영적인 탐구라면 어린아이들의 본질과 그들의 출생 전 기원으로 우리를 확실히 안내할 것이기 때문입니다. 이것이 바로 아이의 혼과 옛이야기 세계로 들어가는 열쇠입니다. 그러므로 그 길을 소망하고 기꺼이 영적으로 자신을 극복하고자 하는 우리 모두에게 예전의 이야기 할머니가 되는 길은 열려 있습니다. 아직 그 모습이 할머니처럼 완숙하지 않은 아버지나 선생님들에게 이 말이 도움이 되고 위안을 줄 것입니다. 옛이야기를 들려주고 싶은 모든 사람은 자신들의 혼 안에서 할머니가 되는 법을 배울 필요가 있기 때문에 이 도움이 절실하게 필요합니다.

하지만 어른들이 앎에 대한 지적이고 영적인 욕구만을 충족시키려 한다면 잃어버린 영계의 어떤 것도 어린아이에게 전달되지 않을 것입니다. 즉 어린아이에게 빵 대신 돌이 주어지는 것이지요.(5장 "과감하게 실수하기" 참조)

율법학자[36]가 그 좋은 예입니다. 율법학자들은 성경을 열심히 공부했지만, 동시에 이러한 영의 근원에서 비롯된 실제 삶에 대해서는 무지했습니다.

마찬가지로, 오늘날의 옛이야기에 대한 관심은 기원에 대한 잘못된 "영학"에 매여 옛이야기 세계 전체, 즉 어린아이의 본질에 대한 진정 살아 움직이는 열정은 끝내 무시되고 시들해질 위험에 처해 있습니다.

어른들은 자신의 영적 이해를 만족시키려 아이에게서 옛이야기를 빼앗아가고 있습니다. 매우 안타까운 일이지만 많은 것들이 이미 사그라들었고 우리가 정말 조심스럽게 나아가더라도 그렇게 계속될 것입니다.

---

36 율법(律法, Torah)이란 십계명을 중심으로 한, 하느님 백성의 생활과 행위에 관한 하느님의 명령이다. 즉 이스라엘 백성 모든 이가 하느님의 뜻을 따르게 하기 위해, 하느님으로부터 주어진 도덕적, 종교적, 법률적 명령을 말한다. 이는 구약의 율법(모세 오경), 율법서를 포함한 구약 전체라고 할 수 있다. 율법학자란 대개 모세 율법을 가르치는 사람을 말한다. 이들은 로마의 지배하에서는 율법, 예의, 관습, 민족애, 민족의 사명 등을 지키던 기둥으로서의 대우를 받았다. 그러나 법조문에 너무나 얽매여 예수님과 항상 적대 관계를 이루어왔다.

세상에는 옛이야기에 대한 흥미롭고 괜찮은 해석들이 많습니다. 많은 사람들이 큰 흥미를 가지고 그것들을 읽고 연구합니다. 하지만 '어린아이들의 발달'이라는 옛이야기의 가장 위대한 목적에 대한 심도 있는 연구는 어디에 있습니까? 어린아이의 진정한 출생 전의 본질은 어디서 찾을 수 있습니까?

나는 이 책이 '옛이야기를 연구하는 학문'에 더해지는 또 다른 해설집이 되기를 원하지 않습니다. 이 책의 목적은 독자와 함께 어린아이의 살아 움직이는 신비와 그들의 출생 전 기원을 더 깊이 탐구하는 길에 나서는 것입니다. 그 길은 아이의 출생 전 신비를 드러내기 때문에 자연스럽게 우리를 옛이야기의 세계로 인도합니다. 그러므로 그 세계는 또한 어린아이들의 일상의 빵(자양분)이어야 합니다.

우리는 그 어린아이의 세계를 탐구하고 있으며 또 마찬가지로 옛이야기의 세계를 탐구하고 있습니다. 둘은 결코 떼놓을 수 없는 살아 있는 존재들이자, 하나로 자라야 할 "쌍둥이"로 태어난 존재들입니다.

이 책이 그 탐구의 길을 가는 데 작은 격려가 되었다면, 그러면 목적을 달성한 것이겠지요.

다니엘 유도 데 해스(Daniel Udo de Haes)는 1899년 네덜란드가 통치하고 있던 인도네시아 발리에서 6남매 중 하나로 태어났다. 그가 아홉 살 때 가족 모두 네덜란드로 이민을 가게 되었으며, 이후 라이덴 대학교에서 물리학과 수학을 공부하고 헤이그에서 교사가 되었다. 그는 네덜란드 자이스트에서 루돌프 슈타이너의 인지학을 접했고, 그 후 인지학은 그의 모든 작업에 영감을 주었다.

이후 다니엘은 한 학회에서 미래의 아내인 요한나 판 카우도버(Johanna van Goudover)를 만나 세 명의 아이들을 낳았다. 그는 또 자이스트의 발도르프학교에서 아이들을 가르쳤으며, 그 후 특별한 도움을 필요로 하는 아이들을 위한 인지학 연구소인 헷 조네헤스(Het Zonnehuis)에서 은퇴할 때까지 교사로 근무했다.

이 시기가 끝날 무렵, 그는 옛이야기, 우화, 그리고 작은 시들이 포함된 어린아이들을 위한 일련의 책을 썼고, 직접 삽화를 그려 출판하였다. 또 은퇴 후에는 부모와 교사를 위한 교육책 시리즈를 집필하기도 했다. 그의 작품 활동의 초점은 어린아이들에게 옛이야기를 들려주는 것의 중요성이었다. 다니엘은 1986년 3월 자이스트에서 임종할 때까지 교육 관련 글을 계속 썼다.

하얀 눈이 마당 가득 소복소복 쌓이던 겨울밤, 희미한 화롯불 너머로 들려오던 할머니의 이야기 소리가 기억납니다. 산 너머 마을에 사시던 할머니는 해마다 서리가 내리면 우리 집에 오셨습니다. 할머니가 오실 때면 문지방이 닳도록 밖을 내다보곤 했었다고 해요. 사실 이제는 그렇게 들은 이야기들이 기억나지는 않습니다. 하지만 그 이야기들은 아직도 내 마음 한구석에 남아 문득문득 삶의 발길을 멈추게 합니다. 길을 걷다가 낙엽이 푸석거리는 소리에도, 찬물에 머리를 감을 때도, 멍하니 책을 보다가 늘어지게 기지개를 켜고 난 후에도 문득문득 아련한 이미지들이 머리를 스쳐가곤 합니다.

학교 다닐 때는 선생님이 들려주시는 이야기가 그렇게 재밌었습니다. 뭘 배웠는지는 하나도 기억 안 나는데 이야기를 듣는 순간 유난히 고요하던 그 분위기는 아직도 생생합니다. 이야기를 듣다 보면 어느새 시간이 그렇게 흘러갔는지 신기하기만 했지요. 그냥 그런 느낌이 좋았습니다. 아무것도 한 것이 없는데 머나먼 여행을 떠난 것 같은, 앞으로 다가올 삶의 우여곡절을 힘도 안 들이고 살아낸 느낌이 그냥 좋았습니다.

그렇게 한 살 두 살 나이를 먹었고 어느 때부턴가 저는 옛이야기가 시시해 보이기 시작했습니다. 첫 소절만 들어도 빤히 보이는 결말들이 식상했지요. 처음엔 착한 사람이 고생하다가 결국엔 복을 받는다는 얘기들이 우스웠어요. 세상은 정반대로 돌아가는 일들이 더 많은 것 같은데 말이죠. 저렇게 뻔한 스토리로 어떻게 그 긴 세월을 이겨내고 살아남을 수 있었을까라는 궁금증도 갖게 됐지요. 그래서 그랬는지 대학에 다닐 때는 옛이야기를 새롭게 바라보는 책을 흥미롭게 읽었던 기억이 납니다. '왜 항상 아이를 괴롭히는 사람은 계모일까? 새아버지들도 많았을 텐데.' '업혀 간 부자의 딸은 반쪽이가 마냥 좋았을까?' '이런 이야기들이야말로 남성 중심의 과거 사회가 만든 유산이겠구나!' '이런 식으로 여성에 대한 편견을 조장한 것이구나!' 하는 생각도 하게 되었습니다. 또 '왜 백설공주는 피부가 하얀 것을 유독 강조하지? 백인우월주의일까?' '왜 마음씨 착한 공주는 얼굴도 예쁘고, 마음씨 나쁜 계모의 딸은 못생겼을까?' 이런 관점으로 보니 익히 알던 옛이야기들은 온통 편견들로 가득 찬 문제작들이었습니다. 실제로 그 당시 이런 생각들로 가득한 전래동화 뒤집어보기 책들이 많이 출간되었던 게 생각납니다. '정말이지 전래동화는 식상할 뿐만 아니라 우리 사회의 편견과 불평등을 조장하는 역할도 하고 있었구나!' 그래서 옛이야기를 새롭게 각색한 이야기들이 많이 나오면 좋겠다고 생각했었습니다.

그렇지만 교사가 된 후로 어릴 적 행복했던 그 기억을 저버릴 수는 없었습니다. 내가 만나는 아이들에게도 그 즐거움을 느끼게 해주고 싶었어요. 그러다가 2002년 어느 날 지금은 사라진 종로서적 한 귀퉁이에서 『우리가 정말 알아야 할 우리 옛이야기 백가지』 책을 발견했습니다. 보물을 발견한 기분이었어요. 그 책을 사 들고 집에 가는 내내 가슴이 설레었습니다.

그런데 이야기를 들려주는 일은 또 하나의 도전이었습니다. '이야기를 들려주다가 잊어버리면 어떡하지?' '눈을 동그랗게 뜨고 숨을 꼴깍 삼키며 듣는 아이들 앞에서 내 머릿속이 하얘지면 어떡하지?' 하는 걱정이 가슴을 가득 메웠습니다. 그래서 이야기를 읽고 또 읽었던 것 같습니다. 다행히 여러 번 읽고 또 읽은 덕분인지 술술 나오더군요. 이렇게 저는 아이들의 맑은 눈망울과 표정에 중독되어갔습니다. 정말이지 옛이야기를 들려주는 일은 이 세상에서 가장 짜릿한 흥분과 감동을 선사하는 일인 것 같습니다.

하지만 옛이야기를 들려주는 일은 만만치 않았어요. 마음 같아서는 매일 한 시간씩 이야기를 들려주고 싶지만 해야 할 공부도 많고 때로는 전혀 듣고 싶어 하지 않는 아이도 있었거든요. 아니, 듣지 못한다고 표현하는 게 더 나을 것 같네요. 그러니 이렇게 소중한 시간을 할애한다면 옛이야기를 들려주는 일은 정말이지 큰 가치가 있는 일이어야 했지요.

그래서 옛이야기를 들려주는 이유가 무엇인지 궁금해졌어요. 옛이야기에 관한 책들을 찾아 읽기 시작했지요. 그 과정을 통해 옛이야기는 약한 자의 편에 서서 강자에 짓눌려 사는 약자에게 희망을 준다든가, 공동체 구성원들에게 도덕적 깨우침을 준다든가, 지배계층과 피지배층의 대립 관계의 해소, 심리적 치유 효과 등이 있음을 알게 되었지요. 하지만 이런 이유들은 무언가 해소되지 않는 질문들을 남겼습니다. 모든 이야기가 강자와 약자의 대립을 다루는 것도 아니고, 도덕적이고 교육적인 효과라고 보기엔 도저히 받아들일 수 없는 줄거리와 이미지를 담고 있는 이야기들도 많았습니다. 게으른 청년이 좁쌀 한 알 가지고 말도 안 되는 고집을 부려 색시를 얻어 오는 이야기에서 무엇을 배울 수 있을까? 약속도 지키지 않고 내내 개구리를 무시하다가 마지막엔 벽에다 내동댕이친 못된 공주가 멋진 왕자와 결혼한다는 게 말이 되나? 욕심 많은 그레텔이 속임수로 자기 잘못을 손님에게 떠넘겼는데도 아무 벌도 받지 않고 이야기가 끝난다는 것도 어이가 없었습니다. 이런 문제들이 해결되지 않고는 단순한 재미 외에는 아이들에게 이야기를 들려주는 의미를 찾기 어려웠지요. 그럼에도 한참 동안 아이들의 재미라는 가치 외에는 찾을 수가 없었습니다. 그렇게 오랜 시간 동안 그저 초롱초롱한 아이들의 눈빛만을 보고 옛이야기를 들려주며 지냈습니다.

그러다가 인터넷에서 우연히 이 책의 존재를 알고 어렵게 책을 구해서 읽기 시작했습니다. 정말 놀라웠습니다. 이 책을 통해 알게 된 옛이야기 들려주기의 가치는 상상 이상이었습니다. 발도르프 교육을 통해 알게 된 인지학적 세계관이 옛이야기 안에 고스란히 녹아 있었던 것입니다. 옛이야기 들려주기가 발도르프교육의 한 수단이 아니라 세계관 그 자체라는 사실이 놀라웠습니다. 빠르게 전개되는 이야기 속에서 스쳐 지나가는 작은 요소들이 발달의 한 지표를 상징하고, 심지어는 인류사의 변천이라는 거시적인 세계의 변화를 나타낸다는 사실이 놀라웠습니다. 길가의 아름다운 꽃을 의식한 빨간 모자가 선악과를 먹은 이브와 같은 맥락에서 해석되는 것도 놀라웠고, 여우의 뾰족한 코가 이 세상을 분절적으로 바라보는 현대적 이성의 상징이 된다는 것도 놀라웠습니다. 이것들 말고도 말하고 싶은 것이 한두 가지가 아니지만, 그중에서 가장 가슴을 설레게 했던 건 어린 시절 들은 이야기 하나가 마음속 깊은 곳에서 씨앗이 되어 자라다가 이후의 삶에서 빛이 된다는 생명의 이야기였습니다. 시끌벅적한 공부 시간을 뒤로하고, 또는 다사다난했던 하루를 보내며 초롱초롱 빛나는 눈으로 다가오는 아이들에게 옛이야기를 들려주는 것은 정말 가슴 설레는 일입니다. 이제는 그 설렘 위에 신비로움이 하나 덧붙여지게 되었습니다. 내가 오늘 들려주는 이야기 씨앗이 누군가의 마음속에 자리 잡아 커다란 나무로 자라나는 신비로움 말입니다. 그 신비 앞에 어느 누가 옛이야기 들려주기를 주저할 수 있을까요?

이 책을 읽고 더 많은 사람들이 아이들에게 옛이야기를 들려주었으면 좋겠습니다. 그래서 자극적이고 인공적인 스크린 위의 이미지가 아니라 고운 빛깔의 무지개 같은 이미지들이 아이들 마음속에 뿌리내리기를 바랍니다.

이 책이 나오는 데는 많은 분들의 도움이 있었습니다. 이역만리 먼 곳에서 흔쾌히 번역출판을 허락해주신 저자의 자녀분과 저자의 유족과 연락할 수 있도록 도움을 주고 저의 성가신 질문에도 성심성의껏 답을 준 Wecan 출판사의 Donna Miele에게도 고마움을 전합니다. 또한 번역하는 내내 아낌없이 응원을 준 아내 김승미 선생과 눈코 뜰 새 없이 바쁜 일정에도 따뜻한 관심으로 힘을 주신 햇살아래어린이집의 유재연 원장님, 놀라운 통찰과 반가움으로 책을 읽으며 함께 기뻐해주신 서울정수초 위재호 선생님, 어려운 부탁에도 기꺼이 추천사를 허락해주신 김혜정 선생님, 이 책이 더 빛나도록 아름다운 표지 그림을 그려주신 서울월천초 박미숙 선생님, 번역 초보인 제가 어렵지 않게 번역 출판을 할 수 있게 도와주신 양평자유발도르프 학교의 박규현 선생님께 감사드립니다.

이야기—보이지 않는 실 혹은 지팡이

교실에서 아이들 눈이 가장 빛나는 시간은 바로 이야기 듣는 시간입니다. 아이들은 이야기 듣기를 정말 좋아합니다. 좋은 교사의 제1 덕목을 꼽아보면 이야기 잘하는 선생님일 것입니다. 재미있는 이야기를 많이 아는 것도 중요하겠지만 그것보다 더 중요한 것은 그 상황에 맞게 어떤 이야기라도 생생하게 해줄 수 있는 일이라고 생각합니다. 그 어떤 수업 자료보다 이야기는 가장 강력한 수업 자료입니다. 심지어 화려한 영상이나 실물 도구보다 이야기가 아이들을 사로잡는 강력한 힘이 있습니다. 찬찬히 본인의 초등학교 시절을 떠올려보세요. 마음속에 떠오르는 장면을 생각해보세요. 아마도 분명 선생님이 이야기를 들려주신 그 장면이 분명히 있을 것입니다. 저 역시 그렇습니다. 2학년 선생님이 들려주신 옛이야기가 아직도 기억이 납니다. 선생님은 분명 제게 많은 것을 가르쳐주셨을 것입니다. 그럼에도 제 마음속에는 선생님의 이야기와 이야기를 들려주시던 모습이 생생하게 떠오릅니다. 그때 제가 느꼈던 설렘과 조마조마했던 마음도 여전히 느껴집니다.

시간이 흘러 저는 아이들에게 이야기를 들려주는 교사가 되었습니다. 1, 2학년 아이들에게는 옛 전래 동화 이야기를, 3, 4학년 아이들에게는 주로 역사에 등장하는 옛날 사람들과 그들이 사는 모습에 관한 이야기를, 5, 6학년 아이들에게는 요즘 사람들의 이야기, 환경, 역사, 종교…… 등 분야를 가리지 않고 이야기하는데, 만나는 아이들의 나이와 수준은 모두 다르지만 이야기를 좋아하는 점은 같습니다! 인터넷에는 수많은 영상 자료가 있습니다. 하지만 이것도 몇 번 틀어보면 아이들은 공부 좀 하고 영상 보는구나 하고 쉽게 알아차리고 지루해합니다. 하지만 이야기는 들려주면 들려줄수록 시간을 잊고 더 듣고 싶어 합니다.

"선생님, 조금만 더 들려주세요.""선생님 또 들려주세요."

신기하게도 좋은 이야기는 아이들의 눈빛을 생생하게 하고 아이들의 마음을 깨워줍니다. 이야기가 선사하는 놀라운 경험이 반복되면서 저는 이야기에 무슨 힘이 있어서 이런 일들이 가능한지 늘 궁금했습니다. 이야기를 해설한 책들은 제법 있습니다. 또한 이야기가 중요하고 신비한 힘이 있으니 자주 읽어라, 아니면 아이들에게 읽혀라라는 식의 권유가 담긴 책도 있습니다. 하지만 이야기가 지닌 신비한 힘이 무엇인지, 왜 들려줘야 하는지, 아이들에게 어떻게 들려줘야 하는지를 말한 책은 찾기 어려웠습니다.

그런데 이 모든 비밀을 밝힌 책이 여기에 있습니다! 이야기가 꼭꼭 감쥐두었던 비밀이 여기에 있습니다! 이야기가 지닌 비유와 상징들의 진짜 의미, 이야기가 전개되는 방식에 대한 근본적 이유, 이야기가 아이들 마음 안에 들어와 벌어지는 일들에 대해 속 시원하게 알려줍니다. 더 놀라운 것은 단순히 이야기를 활용하는 방법만 소개하는 책이 아니라는 점입니다. 이 책은 이야기의 신비를 통해 아이들을 어떻게 바라보고 아이들을 어떻게 대해야 하는 점을 비중 있게 다루고 있습니다. 단순한 이야기에 관한 책이 아니라 종합 육아서라고 해도 손색이 없습니다. 이야기를 들려주는 이유는 아이들을 건강하게 키우기 위함이니까요!

이야기는 아이들에게는 자기를 발견하고 자기가 살아갈 바를 알려주는 보이지 않는 실이자, 어른들에게는 아이들을 건강하게 키우는 지팡이가 되어줍니다. 듣는 아이에게도, 들려주는 본인에게도 감동과 재미를 줍니다. 그래서 아이들을 만나는 어른이라면 이 책을 꼭 읽었으면 합니다. 한 번만 읽고 책장에 꽂아두지 마시고, 아이가 곁에 없을 때 거듭 거듭 읽으셨으면 좋겠습니다. 그리고 아이가 오게 되면 다시 책장에 감춰두시고 이 책에서 권하는 대로 이야기를 들려주세요. 아이의 생생한 생명력과 상상력 가득한 눈빛을, 그리고 이를 통해 연결되는 아이와 어른의 사랑의 끈을 발견하게 되시리라 확신합니다.

진실을 밝히는 귀한 책들이 있습니다. 하지만 다 우리말과 우리글로 소개되는 것은 아닙니다. 귀한 책을 알아보시고 말끔하게 읽히도록 번역해주신 김운태 선생님께 감사의 마음을 전합니다. 선생님의 정성과 노력이 아니었다면 이런 귀한 지혜를 이토록 편하게 만날 수는 없었을 것입니다. 이 책이 민들레 홀씨처럼 우리나라 곳곳에 퍼져나가는 모습을 떠올려봅니다. 그래서 사방에서 민들레꽃이 노랗게 피어나듯 이야기를 듣고 자라는 아이들이 보입니다. 그 아이들은 어른이 되면 분명 자신의 아이들에게도, 자신이 들었던 것처럼 이야기를 들려줄 것입니다. 그런 세상이 오면 우리 사회는 분명 달라져 있을 것입니다. 인간다움으로 더 환한 세상이 될 것이라 확신합니다. 우리 사회에 귀한 선물을 해주신 김운태 선생님께 다시 한 번 깊은 감사의 마음 전합니다.

위재호
서울정수초등학교 교사
『소리씨앗을 심은 아이』 저자

어린아이들에게 옛이야기를 들려주는 것의 중요성

저는 루돌프 마이어의 『동화의 지혜』를 함께 읽는 모임을 5년째 이어 오고 있습니다. 이 모임을 지속하고 있는 까닭은 아이들에게 이야기를 들려주는 일이 무엇보다 중요하다고 생각하기 때문이지요. 『동화의 지혜』를 함께 읽는 분들이 동화에 대해 깊이 이해하고 그것을 기반으로 아이들에게 이야기를 들려주기 시작할 용기를 내셨으면 하는 소망을 가지고 시작한 일이었습니다. 하지만 인지학적 관점으로 동화를 깊이 있게 해석한 이 책의 내용을 이해하는 것은 결코 쉬운 일이 아니었고 동화의 해석 이외에 이야기를 들려주는 구체적인 방법들에 대해서는 나와 있지 않아, 책을 읽었다고 해서 바로 아이들에게 이야기를 들려주기에는 어려움이 있었습니다.

그래서 사람들에게 쉽게 다가갈 수 있는 옛이야기 이론서가 하나 있었으면 좋겠다는 생각을 하게 되었지요. 옛이야기에 대한 책이 시중에 많이 나와 있기는 하지만 인지학적 관점으로 쓰여진 책은 아직 『동화의 지혜』가 유일합니다. 물론 많은 발도르프 교육서에 동화와 옛이야기에 대한 내용이 조금씩 나오기는 하지만 그런 내용을 유기적으로 한 권에 모아놓은 책이 필요하다고 생각했지요. 그러다 이 책이 번역되었다는 반가운 소식을 듣게 되었습니다.

그동안 이야기 공부를 하면서 쌓이고 얽혀 있던 의문들이 이 책을 읽으며 조금씩 풀려나가기 시작했습니다. 옛이야기의 은유와 상징 안에 인류 진화와 발달의 상이 담겨 있다는 것을 정리된 언어로 설명해주고 있었으니까요. 그동안 함께 공부했던 많은 분들이 동화를 통해 인지학을 더 잘 이해하게 되었다고 말씀하셨는데, 이 책에서도 인지학의 주요 개념들이 동화의 언어로 어떻게 드러나는지 말해주고 있어서 옛이야기와 더불어 인지학에 대한 이해를 심화시킬 수 있는 책이라고 할 수 있습니다.

이 책에서 가장 인상적이었던 것은 아이들이 세상의 사물을 어떻게 바라보는지 이야기하는 부분으로, 어른들이 일상적으로 만나고 지나치는 세상의 사물들을 아이는 완전히 다르게 바라본다는 것이었습니다. 이 책에서는 아이라는 존재를 지상의 시간을 넘어 탄생 이전의 기원으로 거슬러 올라가 탐구하고 있습니다. 그곳에는 우리 일상의 사물들 안에 내재하는 영적 원리가 존재하고 있는데, 사람이 그곳에서 땅으로 내려오는 것처럼 사물들도 같은 과정을 거친다고 하지요. 아이들은 주변에 있는 사물을 보고 물질로서만 지각하는 것이 아니라 자신이 그랬던 것처럼 땅으로 내려온 사물, 그 안에 깃들어 있는 영적 원리를 바로 알아본다고 합니다. 아이는 아직 영의 세계와 연결되어 있는 존재이니까요.

옛이야기에 그렇게 구체적인 사물들이 중요하게 등장하는 것도 바로 이런 까닭 때문이라고 합니다. 어른들은 사람이 영의 세계로부터 왔다는 것을 잊어버렸지만 아이들은 그렇지가 않습니다. 금방 그 세계를 떠나온 아이들은 아직도 자신의 고향을 잘 기억하고 있는 것이지요. 또한 세상 모든 것은 이곳에 존재함으로써 우리에게 그 사실을 떠올리게 하고 있습니다. 그래서 아이들은 그렇게도 평범한 사물들에 매혹당하는 것이고 옛이야기도 그것들을 사랑하는 것이겠지요. 옛이야기는 인간이 아직 영의 세계와의 연결을 완전히 잃어버리지 않았던 시대에 생겨나 우리에게 그 연결성을 다시 회복하도록 도와주는 이야기입니다. 그래서 사람들은 이야기를 좋아하는 것이고, 특히 아이들이 이야기를 그토록 좋아하는 것이라고요. 우리 내면에는 다시 영의 세계로 돌아가고자 하는 근원적인 소망이 숨 쉬고 있으니까요.

아이들이 어린 시절에 옛이야기를 풍부하게 들으면서 자라면 그 연결성을 계속 유지할 수 있습니다. 성장하면서 한동안은 잃어버린 듯 여겨지는 시기도 있을 테지만 무의식 속으로 잠시 물러날 뿐이지요. 옛이야기를 들려주는 일은 저자의 말처럼 "때가 무르익었을 때 아이의 마음에 영적인 꽃이 피어나도록 영적인 싹이 될 수 있는 숨겨진 보물을 선사"하는 일입니다. 그렇기에 아이들은 옛이야기를 들으며 어린 시절을 보내야만 하는 것이지요. 아이들과 옛이야기는 참 많이 닮아 있습니다. 우리가 살고 있는 세상 속에 존재하지만 호흡하고 있는 세계는 여기가 아닌 그곳이니까요. 이 책은 계속하여 아이와 옛이야기 사이의 밀접한 관계를 보여주면서 아이들이 옛이야기를 듣는 일이 선택이 아니라 필수적인 일이라고 느낄 수 있도록 도와줍니다.

저자는 감사하게도 자신의 작품 활동의 초점이 "어린아이들에게 옛이야기를 들려주는 것의 중요성"에 놓여 있다고 분명히 말하고 있습니다. 그렇기 때문에 옛이야기를 들여다보고 해석하는 것뿐만 아니라 실제로 아이들에게 이야기를 들려줄 때의 구체적인 방법들을 풍부하게 알려주고, 아이들에게 이야기를 들려줄 때 생겨나는 많은 질문들에 대한 지혜로운 대답도 들려줍니다. 특히, 현대사회에서 옛이야기를 거부하고 피하는 아이들에게 부드럽게 다가가 다시 옛이야기의 세계로 돌아오게 하는 방법들도 제시하고 있습니다. 아이들에게 이야기를 들려주려는 어른들에게 다각적이고 구체적인 도움을 줄 수 있는 실용적인 책이라고도 할 수 있습니다.

그러나 모든 책이 그렇듯 조금 더 의견을 나누고 토론해볼 만한 지점들도 있습니다. 열린 마음으로 다양한 의견을 받아들이고 공부하면서 옛이야기에 대한 이해를 깊고 넓게 만들어가는 것은 이야기를 들려주려는 사람들에게는 꼭 필요한 자세라고 생각합니다. 그런 토양을 만들어주고 아이들에게 이야기를 들려주려는 많은 어른들에게 실질적인 방법과 힘과 용기를 실어주는 이 책을 힘써 번역해주신 김운태 선생님께 깊은 감사의 마음을 전합니다. 많은 분들이 이 책을 읽고 자신과 동화를 내적으로 연결할 수 있는 시간이 오기를, 아이들을 완전히 새로운 눈으로 바라볼 수 있기를, 그리고 무엇보다 아이들에게 이야기를 들려주는 경이로운 순간을 맞이할 수 있기를 진심으로 기원합니다.

김혜정

동림자유학교 담임교사 역임

발도르프 교육문화예술 연구회 대표

한국슈타이너인지학센터 발도르프 이야기전문가3급 자격증과정 강사

어린이문학 평론가

『나는 책읽기가 정말 싫어』 저자

옛이야기—신성(神性)을 깨우는 어린이의 경전

저자가 이 책을 쓴 이유는 어린아이의 살아 움직이는 신비와 출생 전 기억을 더 깊이 탐구하고 어떻게 하면 우리가 영적인 메시지에 열린 마음으로 다가갈 수 있는지 알고 싶기 때문이라고 합니다. 그리고 옛이야기를 통해 그 메시지를 올바르게 전해주는 방법을 찾는 것입니다.

책을 처음 만났을 때 놀랍고 기뻤습니다. 옛이야기의 의미를 전하는 책들은 여러 분야에 많지만 『옛이야기의 세계』는 제가 아이들에게 이야기를 들려줄 때 고민했던 질문들이 고스란히 담겨 있었기 때문이에요. 게다가 섬세하고 매끄럽게 흘러가는 번역 덕분에 친근하게 이야기 나누듯 읽을 수 있었습니다.

이 책을 번역하신 김운태 선생님은 한국발도르프협동조합 학술위원회에서 『자유의 철학』을 공부하며 만났습니다. 꼼꼼하게 원서와 비교하며 책을 보셔서 함께 공부하는 사람들에게 큰 도움을 주셨어요. 이제 이렇게 섬세한 번역으로 『옛이야기의 세계』를 전해주시니 너무 반갑고 고맙습니다.

저는 옛이야기를 좋아해요. 그 안에 담긴 깊은 상징들에 물음이 계속되었기 때문이에요. 그래서 같은 이야기를 읽고 또 읽게 돼요. 『백설공주』에서 왕비는 눈처럼 하얗고 피처럼 붉고 숯처럼 검은 아이를 바라지요. 이 색들은 무슨 의미일까? 허리띠, 독빗, 사과는 왜 그것이어야 하나? 이런 물음은 옛이야기를 공부하게 된 계기가 되었어요.

어린아이들에게 옛이야기는 평생 동안 가져갈 상(象)을 줍니다. 그 상(象)은 아이가 커가면서 계속 변해가지요. 그 상(象) 안에 담긴 의미만큼 얕거나 깊게 영향을 받아요. 옛이야기가 구전으로 흘러와서 사라지지 않고 지금까지 이어지듯이 어린 시절에 만들어진 상(象)은 평생 내 안에서 살아 움직입니다.

저는 겨울이면 해마다 우리 반 아이들에게 『은화가 된 별』을 들려주었어요. 한 달 동안 아이들에게 같은 옛이야기를 들려줍니다. 한 달을 반복하는 것은 발도르프교육에서 생명력을 북돋우는 깊은 의미가 있어요. 그림책으로 '보지' 않고 '듣는' 옛이야기는 그만큼 아이 내면에 저마다 다른 상(象)을 갖도록 도와줍니다. 소리를 통한 전달은 의미 전달보다 더 깊은 힘을 가집니다. "태초에 말씀이 계셨던" 것처럼 더 근원적으로 전달됩니다.

아버지와 어머니를 모두 여의고 길을 떠나 숲으로 들어간 소녀를 제가 이해하는 만큼 그 이야기를 전해 듣는 아이들의 눈빛 안에서 상(象)이 흘러가는 것을 느끼는 것은 큰 감동입니다. 그런 감동이 저에게 옛이야기를 계속 읽게 만드는 매력이지요.

『엄지둥이의 여행』이나 『빨간모자』를 보면 우리 동화 『주먹이』가 떠오릅니다. 주먹이는 어둠을 여행하지요. 에테르(생명체)적인 반복과 리듬으로 의지를 지닌 소의 뱃속과, 아스트랄(감정체)한 특성을 가진 날아다니는 새들의 싸움에 맡겨지고, 깊은 생명의 근원인 물에 사는 물고기의 뱃속에서 다시 아버지에게 귀환하는 주먹이 이야기는 아이들에게 큰 기쁨을 줍니다.

예수님이 십자가에서 돌아가신 뒤 티베리아스 호숫가에 나타나 낙심한 제자들에게 깊은 곳으로 그물을 던지라고 말씀하신 것처럼 주먹이는 물고기 뱃속의 깊은 어둠으로부터 빛의 세계로 돌아옵니다.

저는 이것을 어른이 되어 곰곰이 생각하는데 제가 만나는 0~7세 어린아이들은 영계의 여운이 남아 있어서 있는 그대로 본질을 느낍니다. 주먹이가 아버지를 만나는 순간 그 미소와 만족한 표정이란……

저자는 "옛이야기를 들려주는 것은 아이에게 기도와 같다."고 말합니다. 일상 리듬에서의 반복과 안정감, 이야기를 반복해서 들을 때 오는 몰입과 기쁨이 아이에게는 기도와 같은 생명력을 줄 것입니다.

저자는 "옛이야기는 때가 무르익었을 때 마음에 영적인 꽃이 피어날 수 있게 돕는 씨앗 같은 보물"이라고 말합니다. 또 "옛이야기에 나오는 선과 악은 일상생활의 도덕 규범과 달리 넓은 의미에서 도덕의 경계를 넘어 높은 나에 이르도록 한다."고 말합니다.

사실 현대의 물질주의나 외면적이고 이성에 국한되는 것은 영적인 기원으로부터 우리를 멀어지게 하지요.

이 책은 옛이야기를 발도르프교육을 시작한 슈타이너의 인지학(세계를 통합적으로 사고하며 인간과 우주의 진리를 깨닫고자 하는 학문) 세계관으로 바라봅니다. 어린아이의 발달을 깊이 이해하고 잃어버린 옛이야기의 세계를 연결해서 높은 나를 향합니다.

혼탁하고 어지러운 시대에 옛이야기를 통해 신성(神性)을 깨우고 영계의 진실을 전하는 보물 같은 책을 내주셔서 깊이 감사드립니다.

옛이야기를 들려주는 사람은 배경 지식이 아니라 직감으로 이야기 속에서 살아 움직여야 한다고 말합니다.

선생님과 부모님들은 이 책을 통해서 생동감 있는 아이디어와 영감을

얻으실 것입니다. 옛이야기를 들려주며 아이들과 함께 영계의 비밀을
여는 기쁜 눈빛을 나누시기를 소망합니다.

유재연

햇살아래발도르프어린이집 원장

양평자유발도르프학교 멘토교사

한국발도르프협동조합 학술위원장

박인숙/북스타트 매니저

우리가 어릴 때 읽어 익숙하게 알고 있다고 생각하는 옛이야기에는 한 인간의 몸과 마음과 영혼이 성장하는 과정과 함께 빛과 어둠이 공존하는 인류의 역사가 담겨 있다는 것을 이 책을 읽으며 새삼 확인합니다. 저자는 옛이야기를 읽는 아이들은 마음 속에 자신만의 성경을 간직하게 되고, 그것이 아이의 삶에 무의식적인 지표가 되어줄 것이라고 말합니다.

유주연/햇살아래어린이집 교사

아이들에게 옛이야기를 들려주는 이유와 과연 유익한가에 대한 질문에 이야기의 표현 방식, 상징과 해석을 심도 있게 설명해놓아서 재미있었습니다. 상상력과 환상의 세계와의 만남, 선악의 경험을 통해 아이들이 용기를 얻고 세상을 살아가는 힘을 얻게 될 것으로 기대합니다.

임정혜/양평자유발도르프학교

어른이 되어 마주하게 되는 고난과 두려움은 어린 시절 경험적 흔적들을 다시 떠오르게 합니다. 회피하거나 공격하거나 아니면 용기를 내어 마주하거나……. 이러한 무의식이 작동하게 될 때, 옛이야기를 듣고 자란 어린이는 빛과 어둠의 힘들을 인식하고 마음에 상을 떠올리며 그 안에 숨겨진 진리를 알아차리게 됩니다. 순수한 어린이의 상상력에 현명한 인식이 만나 내면의 세계가 확장됩니다.

송미경/양평자유발도르프학교

옛이야기를 아이들에게 들려줄 때 진정으로 이해하고 전하는 것과 글자만을 옮겨주는 것엔 큰 차이가 있습니다. 아이들은 영혼으로 이야기를 받아들이기 때문입니다. 우리가 몰랐던 옛이야기에 담긴 상징과 의미, 그것이 인간의 삶에서 성장을 위한 어떠한 과정에 초점이 맞추어져 있는지 루돌프 슈타이너의 인지학을 바탕으로 옛이야기들을 재해석합니다. 그리고 아이들의 기질에 따라 어떤 이야기를 선택하고 어떻게 들려줄지 작가는 조언해줍니다.

**김남숙/교사협동 공동육아 우리숲어린이집 대표교사,
　　　한국발도르프협동조합 이사장**

어린이집에서 아이들에게 한 달 동안 반복하며 옛이야기를 들려줍니다. 초를 켜고 나지막하게 노래를 부르면 이야기 들을 준비를 하는 아이들의 숨소리와 빛나는 눈빛이 이야기의 마법을 초대하지요. 가끔씩 볼이 발그레하게 물들기까지 합니다. 그런 아이들을 볼 때마다 어떤 마법에 빠질까 궁금해집니다. 옛이야기가 주는 원형의 힘은 무엇일까? 그 본질에 가까워질수록 아이와의 만남은 경이로워집니다. 아이들을 가르치는 교사로서 옛이야기의 세계를 만나는 것은 크나큰 축복이며, 그 축복의 길을 안내해주는 책을 알게 되어 감사하고 기쁩니다.

김은혜/책쓰는 사람, 햇살아래어린이집 학부모

얕고 파편화된 지식과 이야기가 홍수처럼 범람합니다. 어떤 이야기가 진리이고, 아이에게 유익한지 판단하기란 참 쉽지 않습니다. 이 책은 지금 우리 아이들에게 옛이야기를 들려줘야 한다고 말합니다. 책을 읽으며 옛이야기 속에 상징으로 숨겨진 오랜 인류의 역사와 성경 이야기를 알게 되었습니다. 아이에게 선과 악, 죄, 타락, 부활, 구원 같은 깊고 영적인 이야기를 이해시키기 어려웠습니다. 옛이야기는 이것을 흥미롭게 들려줍니다. 듣는 순간에 아이가 이해하지 못하더라도 무의식 속에 이미지의 씨앗이 심깁니다. 아이와 함께 자란 내면의 지식이 혼란스러운 세상 속에서 아이를 든든하게 지탱해줄 것 같습니다. 이 책을 통해 어떤 옛이야기를 선택할지, 아이 기질에 따른 옛이야기를 들려주는 방법, 옛이야기를 들려주는 자세한 방법을 배울 수 있습니다. 오늘밤 아이에게 옛이야기 하나 들려주고 싶습니다.

옛이야기의 세계
옛이야기의 눈으로 바라본 어린아이의 세계

초판 1쇄 인쇄 2024년 4월 20일
초판 1쇄 발행 2024년 4월 25일

지은이 다니엘 유도 데 해스
옮긴이 김운태
펴낸이 박규현
펴낸곳 도서출판 수신제
유통판매 황금사자(전화 070-7530-8222)
출판등록 2015년 1월 9일 제2015 - 000013호
주소 경기도 양평군 양서면 청계길 218
전화 070-7786-0890
팩스 0504-064-0890
이메일 pgyuhyun@gmail.com
ISBN 979-11-982452-2-9 03800
정가 15,000원